나만 빼고..
독립출판

나만 빼고..
독립출판

MUSE × 🏠옥탑방책방 기획 :
책방에서 만난 작가들의 이야기

편집장의 말

독립출판이라는 문화가 궁금해서 무작정 인터뷰를 시작했던 어느 겨울날.

몇 번의 인터뷰 끝에 내린 결론은 '나도 책방을 만들어야겠다는 것'이었다.

도대체 독립출판의 어떤 매력에 빠지게 되어 이런 대책 없는 계획을 세웠는지 자문해봐도 대답하기 어려웠지만, 어쩌면 그날의 인터뷰는 오늘의 〈나만 빼고.. 독립출판〉을 위한 운명적인 만남은 아니었을까?

독립출판엔 실로 다양한 매력들이 담겨 있다.

책방이 궁금해서 들어가 보면 낯선 책들이 있고, 책 하나를 골라 읽다 보면 작가가 궁금해진다. 작가가 궁금해져서 북 콘서트를 가고, 그곳의 다른 작가의 이야기를 듣다 보면 또 그 작가의 책이 궁금해진다. 그렇게 독립출판 문화에 빠지게 되면 어느새 나도 책을 써볼까 하는 생각마저 하게 된다.

그래서 우리 책방에서 함께 일하게 된 에디터에게는 꼭 첫번째 관문으로 독립출판 작가와 인터뷰 미션을 내주었다. 작가들과 인터뷰를 하면 자연스럽게 독립출판 시장에 대한 전반적인 이해가 되면서 그 특유의 매력에 흠뻑 빠지게 되는 일거양득의 효과가 있을 것이라 확신했기 때문이다. 이 방법은 꽤 효과가 좋았고, 그렇게 쌓인 콘텐츠는 급기야 〈Enter, View〉라는 시리즈물로 기획되기에 이르렀다. 첫 인터뷰, 첫 출판 디자인, 첫 인쇄 등 갖가지 '처음'으로 점철된 작품이었던 책이 이제는 새로운 옷으로 갈아입고 독자를 만날 준비를 하고 있다.

이 책에는 독립출판 작가의 진솔한 이야기, 작품의 비하인드 스토리와 함께 독립출판을 먼저 경험한 선배의 경험과 조언이 함께 담겨있다. 독립출판 문화에 관심 있는 독자들에게 조금이나마 도움이 되었으면 한다.

이 책이 나오기까지 도와준 '책방의 가이아' 에디터 A와 원고 편집을 도와준 에디터 C, 그리고 이 책을 정식 출판할 수 있도록 도와주신 뮤즈의 권호 대표님과 인터뷰에 응해주신 수많은 독립작가님께 감사의 인사를 표하면서,
표지의 고양이처럼 맥주 한 캔과 함께 잔잔한 노래를 들으며 이 책을 읽어보는건 어떨까. 앞으로 있을 당신의 독립출판 기념일을 위해.

프롤로그

좁은 골목길을 걷다가 작은 책방을 발견하면 한 번 들어가 보세요.
조금은 낯설지만, 넘치는 개성을 뽐내는 매력적인 책들이 여러분을
반겨줄 거예요.

책 하나를 골라 읽다 보면 작가가 궁금해지고,
작가가 궁금해져서 북 콘서트를 다니며 이야기를 듣다 보면
어느새 나도 책을 써보고 싶다는 생각마저 들게 된답니다.

가랑비에 옷 젖듯이 어느새 독립출판의 매력에 푹 빠지게 된 것이죠.
자극적이지 않고 슴슴한데 한 번 중독되면 헤어나올 수 없는 평양
냉면 같달까요?

이렇게 독립출판물에는 작가의 매력이 오롯이 담겨 있습니다.

왜 독립출판으로 책을 만들었는지,

처음 출판을 하면서 어떤 고민이 있었는지,
작품에 얽힌 비하인드 스토리는 무엇인지 작가에게 한번 물어보고
싶지 않나요?

이 책에는 '옥탑방책방'의 에디터들이 던진 질문에 대답하는 독립출
판 작가들의 또 다른 이야기가 담겨있습니다.

CONTENTS

2017년 6월 7일

어느 페이지를 펼쳐도 공감하고
위로받으셨으면 좋겠어요

강민경

『empathy』, 『마음을 다하였다』

섬세한 감정을 아름다움으로 승화시키는 사람.
'작가'라고 하면 나에게 떠오르는 강한 이미지이다.

강민경 작가 역시 첫 독립출판물인 『empathy』에서
누구나 느낄 만한 감정을 솔직하게 표현하는 것으로
아름답게 담아냈다.

'사람은 어디까지 솔직해질 수 있을까?'
자신에게 질문을 던져본 적이 있다.
그때는 찾지 못했던 문제의 해답을,
강민경 작가를 통해 엿본 기분이 든다.

'당신만 힘들다고 생각하지 말아요, 나도 그랬어요'
솔직하게 공감해오는 그녀를 만나보았다.

책 소개 부탁드립니다.

『마음을 다하였다』는 '불안', '사랑', '일상'의 3가지 주제로 쓴 글입니다. 독자들이 공감하고 위로를 받았으면 좋겠다는 계기로 쓰게 되었습니다. 제목은 즉흥적으로 정하게 되었는데 예전에 소소시장에 나갔을 때였어요, 책을 거의 만들고 나서 제목만 남겨두고 고민하다 보니 제 마음을 다 표현한 책이라는 느낌이 들어서 『마음을 다하였다』라고 짓게 되었어요, 저도 다른 사람들의 글을 보며 공감하거나 예전에 잊고 있던 감정을 떠올리곤 했거든요, 그래서 제 글을 읽으면서도 독자들이 비슷한 감정을 공유할 수 있었으면 하는 마음으로 썼어요,

독립출판을 해야겠다고 결심한 이유가 있나요?

『마음을 다하였다』는 두 번째로 낸 책인데요, 사실 첫 번째 책을 내고 나서 두 번째 책을 내야겠다는 의무감이 들어 예전에 썼던 글들을 선별해서 만든 책이에요, 첫 번째 책을 내게 됐던 건 우연한 기회에서였어요, 제 인생 목표는 저의 이름을 건 콘텐츠를 만드는

거였어요, 그동안 아프기도 했었고, 심하게 감정 변화를 겪으면서 쌓인 감정들이 분출되더라고요, 그렇게 머릿속에 떠오른 글을 손글씨로 적어서 인스타그램에 올리기 시작했어요, 제가 올린 콘텐츠를 좋아하고 공감해 주시는 분들이 점차 생겨났고, 꾸준히 인스타그램에 글을 쌓아가고 있었어요, 그러다가 우연히 독립서점에서 독립출판물 워크숍을 모집하는 글을 보게 됐어요, 제 인생 목표를 이룰 수 있도록 도와줄 워크숍이다 싶어서 신청했어요, 처음에는 '독립출판과정에 대해서 좀 배워볼까?' 하는 정도로 시작했는데, 지도해 주신 선생님께서 실제 작품을 출간할 수 있게끔 도와주셨고, 그렇게 완성한 책이 제 첫 독립출판물이 되었습니다.

『마음을 다하였다』 같은 경우에는 '불안', '사랑', '일상' 3가지 주제로 글을 쓰셨는데, 첫 작품 『empathy』는 출판 이전에 써 놓은 글들을 담은 책이라고 하셨어요, 평소에 써 둔 글을 선별하거나 편집하는 데 어려움은 없으셨는지요?

『empathy』 같은 경우에는 주제를

세세하게 나누고 싶지 않았어요. 하루에 느낄 수 있는 감정이 여러 가지인
것처럼, 페이지마다 하루에 느낄 수 있는 감정이 다 달랐으면 했어요. 또,
목차를 보고 어디를 읽을지 고르기보다는, 어느 페이지를 펼치든지 공감할 수
있었으면 좋겠다는 생각에 페이지 번호도 적지 않았고요.

독립출판을 하신 지 3년 정도 되셨는데(2017년 인터뷰 당시) 독립출판을
하시고 뿌듯했던 에피소드가 궁금합니다.
제 책을 읽고 공감을 많이 했다, 큰 위로가 되었다는 댓글을 남겨주시는 것에
감동받고는 해요. 제가 책을 낸 이유이기도 했고, 일부러 시간을 내서 제
인스타그램에 댓글을 달아주신다는 게 정말 큰 힘이 되더라고요.

두 책 중에 독자들의 반응이 더 좋았던 작품이 있나요?

『마음을 다하였다』는 재인쇄를 했다보니 『empathy』보다 더 많이 판매되었어요. 대신 『empathy』 같은 경우에는 판매 중이 아니었는데도 다른 사람이 가진 책을 보고 나서 저나 책방에 개인적으로 문의해주신 분도 있었어요. 워낙에 소량으로 찍어낸 책이라 그렇게까지 찾아주실지 기대를 하지 않았거든요.

『마음을 다하였다』는 작업 기간이 얼마나 걸리셨는지요?

5주 워크숍으로 완성된 〈empathy〉보다는 오래 걸렸어요. 원래 하던 일이 있어서 시간을 쪼개서 작업해야 했어요. 갑자기 떠오르는 감정을 글로 쌓아두고 있던 상태에서 책을 써야겠다고 마음을 먹은 뒤로 2~3달 정도 걸렸던 것 같아요.

떠오르는 감정을 글로 쌓아놨다가 책으로 엮는다고 하셨는데, 평소에는 어떻게 글을 쓰시는지 궁금합니다.

저는 공상이 굉장히 많은 사람이에요. 항상 생각하고 드라마처럼 상상하다 보면 글감이 떠오를 때가 있어요. 그럴 때 그 글감을 메모해 두는 거죠. 그리고 책을 만들 때 그것들을 편집하고 다듬는 작업을 해요. 원래 메모하는 습관이 있지는 않았어요. 『empathy』를 만들기 전에 머릿속에 강렬하게 남는 것들이 있어서 글로 남기기 시작했어요. 그전까지는 제 머릿속으로만 남겨뒀는데 그러다 잊어버리게 되는 게 너무 아깝더라고요. 그래서 메모를 하기 시작했고 지금은 글감이 생각이 떠오를 때마다 메모하고는 해요.

『empathy』『마음을 다하였다』 두 책 모두 페이지마다 다른 소재의 글이 담겨있는데요. 주로 어디서 영감을 얻어서 쓰게 되었는지요?

문득 생각나는 경우가 많아요. 저는 아무런 생각을 안 할 때가 거의 없고 항상 끊임없이 무언가 생각하고 있거든요. 특히 잠자기 전에 이런저런 생각이 많이 들어요. 미래에 대한 생각, 말도 안 되는 공상 등 정말 다양한 생각을 해요. 드라마를 볼 때도, 친구의 이야기를 들을 때도 끊임없이 제 나름대로 감정을 풀어내서 글로 쓰는 식으로요.

**평소에 책은 얼마나 읽으시고,
주로 어떤 장르를 좋아하시는지
궁금합니다.**

저는 책을 많이 읽는다고는 못할
것 같아요. 매일 읽으려고 노력은
하는데, 그때그때 꽂히는 책을 읽는
성격이에요. 기억에 남기고 싶으면
기록을 하는 편이고요. 그리고 한
번 읽었던 책을 다시 읽기도 해요.
성격이 급해서 어릴 때부터 책을
빨리 읽다 보니 두세 번씩 책을 다시
읽어요. 이렇게 즉흥적이다 보니 여러
분야의 다양한 책을 읽게 되는 것
같아요.

**인스타그램을 보니 오프라인
활동을 많이 하시더라고요. 이러한
활동 중에 기억에 남는 독자가
있으신가요?**

광주에서 오신 분이셨는데 제 책을
인스타그램에서 보고 찾아오셨나
봐요. 저는 마켓에 오셔서 책을
충분히 감상하신 뒤에 결정하실 수
있도록, 읽는 동안에는 말을 걸지
않는 편이에요. 그분은 그렇게
책을 다 읽으신 뒤에 친한 친구에게
선물하고 싶다면서 두 권을
구매하시더라고요. 그런 자리에서

책을 읽다 보면 제대로 감상하기
어려우셨을 텐데, 그 와중에 진지하게
책을 읽으시는 모습에 감동을 많이
받았어요.

**작가님은 누구나 공감할 수 있는
감정을 글로써 잘 풀어내시는데요.
이렇게 많은 분 사람이 공감할
수 있는 글은 어떻게 쓰시는지
궁금합니다.**

글을 쓸 때 굉장히 솔직해지려는
편이에요. 예전에 미니홈피에
남겼던 글은 지금 보면 정말
오글거리거든요. 그 이유가 그때는
완전히 솔직하지 못했기 때문인 것
같아요. 남들이 볼 수 있는 일기라고
생각하니 솔직하게 쓰기보다는
포장하다 보니 그 과정에서
오글거림이 생겨나는 것 같아요. 그런
경험 덕분인지 SNS에 올라온 글을
볼 때 이게 포장으로 덮여있는지
아닌지 잘 파악하게 됐어요. 제가
포장을 많이 해봐서 이게 어떤
포장지인지, 어떻게 포장했는지
알겠더라고요(웃음). 그렇다고
포장하는 자체가 나쁘다고는
생각 안 해요. '오글거린다.'라는
말이 부정적인 느낌으로 쓰이는데

저는 그것도 솔직한 감정이라고
생각해요. 포장해서 보여주는 것도
내 감정을 솔직하게 표현한 것일 수
있으니까요. 물론 제 책을 쓸 때는
포장하면 할수록 제가 표현하려고
하는 감정이 빛을 잃는 것 같아서
느낌 그대로 표현하려고 했어요.

**최대한 솔직하게 글을 쓰신다고
하셨는데, 그러면 '어디까지
솔직해져야 할까?' 하는 고민도
많으셨을 것 같아요.**
8~90% 정도는 솔직하게 쓰는
편이에요. 전부를 보이기 위해서는
깊은 내공이 필요한 것 같아요.

제가 독자로서 책을 읽을 때도,
작가의 날것을 마주하고 불편해지는
경우도 있어요. 그런 '날것의 내면'을
잘 가다듬고 세련되게 만들어야
거부감이 없어질 텐데, 아직 그런
내공은 부족해서 100%를 보여드릴
용기도 부족한 것 같아요.

**〈쓰기 과정〉이라는 글에서 '쓰고자
하는 시도로 얼마만큼 나 가치
있는 사람인지를 다독였다'고
표현하셨어요. 불안했던 순간에 글을
쓰면서 위로를 받으셨나요?**
책을 만들면서 '사람이 느낄 수
있는 모든 감정에 대해 좋고 나쁨의

기준을 정하면 안 되겠다'는 생각을 했어요. 불안도 행복만큼 사람이 느낄 수 있는 보편적인 감정이라 생각하거든요. 그 감정에 대해서 부정을 한다거나, '잘 될 거야, 불안해하지 마'라는 긍정적인 말을 좋아하는 편이 아니에요. 불안도 행복처럼 내 감정이기 때문에 물 흘러가듯이 자연스럽게 받아들였으면 좋겠어요. 행복이라는 것 자체가 좋긴 하지만 행복만이 옳다고는 생각하지 않아요. 사람이 불안하고 나쁜 감정을 갖게 되는 그런 부정적인 감정들이 '그르다, 나쁘다.'라고 판단할 수는 없는 것 같아요. 의연하게 받아들이면서 잘 소화할 수 있는 상태가 된다면 힘든 상황에서도 잘 견뎌낼 수 있지 않을까 싶어요.

'모든 이가 애를 쓰는 곳이다'라고 세상을 표현하셨어요. 그중에서도 마지막 문장에서 '하찮은 풀 이파리마저 무거운 이슬을 견뎌내는 곳이 세상이다.'라고 하셨는데. 이 문구를 보고 요즘 한국 사회를 가리켜 '헬조선'이라고 표현하는 게 생각이 났거든요. 작가님은 어떤 의미로 쓰셨는지 궁금합니다.

사람마다 스스로 극복해야 하는 것들이 있잖아요. 그 글을 썼을 당시에는 월급쟁이로서 매너리즘에 빠져있었는데, 집으로 돌아가는 길에 공사 현장을 보고 '지금 내가 힘든 것이 누구나 겪는 무게이고 내가 겪어야 하는 무게이므로 너무 힘들게만 생각하지 말자'는 생각이 들었어요. 여러 가지 감정을 겪을 때마다 이것 또한 이겨낼 수 있는 무게라고 생각을 해요. 그저 그 글에서는 극복하자는 메시지보다는 힘들다는 느낌을 쓰고 싶었어요.

작가님은 자신의 첫 독립출판물을 보고 어떤 기분이 드셨나요?

생각보다 덤덤했어요. '이제 더 이상 나만의 감정이 아니구나'라는 생각이 들어서 쓸쓸하고 외로워지기도 했어요. 저 혼자만 갖고 있던 감정이 떨어져 나온 기분이라 허전한 거죠. 『empathy』는 첫 작품이라 설렘이 더 커서 내 자식 같이 느껴진 반면에, 『마음을 다하였다』는 작업을 마친 뒤에 많이 허전하더라고요.

복잡한 감정을 가다듬어 책 한 권에
담는다는 일에 얼마나 많은 노력과 정성을
쏟아부었는지 가늠할 수 있었다.
그 당시에는 무겁게만 느껴졌던 감정도
시간이 지나 웃으며 시원스레 이야기하는
그녀에게서 작품에서 볼 수 있었던 솔직함이
그대로 겹쳐 보였다.
당신의, 그리고 우리의 일상에는 항상
외로움과 슬픔이 깃들어 있곤 하다. 여기에
위로를 건네기 위해, 강민경 작가가 책장마다
'마음을 다해' 다가오는 걸 당신도 느낄 수
있었으면 한다.

강민경 @mk_lalalala

인스타그램 @mk_lalalala
블로그 kkangmin0211.blog.me/
브런치 brunch.co.kr/@empathy

· 2018년 『서른결의 언어』 출간   · 시쓰기, 글쓰기 강의 다수 진행
· 2019년 『언제 무너져 버릴지 몰라』

View All

인터뷰 이후, 두 권의 책을 독립출판으로 냈습니다. 이후 2년 정도 몸이 좋지 않아서 일을 쉬게 되었는데, 일을 쉬고 마음을 정리하다 보니 글이 쌓여 책을 두 권이나 더 내게 되었네요. 책을 만들면서 '감정을 존중하고 그대로 받아들이며 이해할 수 있는 글을 쓰자'라는 기준이 생겼고요. 그 마음이 독자들에게 어떻게 잘 전달할 수 있을지 고민하며 지내고 있습니다.

**좋든 싫든
그것이 다 순간**

강흥환

『누구나 지금이 처음이다』

처음부터 잘하는 사람은 없다.
천재조차 첫 시도부터 대단하기보다는
그저 성장 속도가 무서울 뿐이다.
강희안 작가는 누구나 겪는 서툰 순간을
'여행'이라는 작은 삶에서 풀어냈다.
처음 간 곳에서는 당연히 모든 일이 처음이다.
그리고 처음 사는 인생 역시 모든 일이 처음이다.

무언가 서툴러서 자책하고 스트레스를 받은 적이 있다면,
『누구나 지금이 처음이다』라는 책 속에서
우리랑 닮은 모습을 찾아보자.

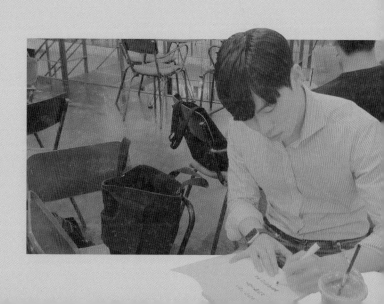

안녕하세요? 독자들을 위해 자기소개 부탁드려요

저는 강희완입니다. '보통 사람들이 보는 세상의 시선을 보고 싶다'라는 생각을 많이 해서 강보통이라는 필명을 쓰고 있습니다. 유별난 사람이 되기보다 보통 사람들과 어울리고 싶은 사람입니다. 그리고 제가 이것저것 해보는 일이 많다 보니 뭐든 얕고 넓게, 보통 이상은 알고, 보통 이상은 할 줄 알아서 강보통이란 말을 좋아합니다. 현재 마케팅을 하고 있으며, '사람을 위한 일, 사람을 행복하게 하는 것을 하자'는 목표를 갖고 살고 있습니다.

『누구나 지금이 처음이다』는 어떤 작품인가요?

『누구나 지금이 처음이다』는 저의 첫 작품입니다. 사람들에게 이야기해 주고 싶었던 첫 번째 이야기입니다. 누구나 겪는, '처음의 이야기'를 담은 책입니다. 이전에 SNS에 써 놓았던 글을 모아서 '처음'이라는 주제로 책을 만들었습니다.

평소에도 글을 많이 쓰는 편인가요?

'매일 하나씩은 쓰자.'라는 생각을

하고 있는데, 잘 못 지키는 편입니다.
글 쓰는 걸 어릴 때부터 좋아했지만
아등바등 20대를 겪으며 잠시 잊고
있다가 30대 때 새로 시작해보자는
의미로 3개월 정도 유럽여행을
떠나면서 다시 글을 많이 쓰기
시작하게 되었습니다.

책을 내야겠다고
결심하게 된 이유가 있나요?
여행에서 사진을 찍고 에세이를
써서 이를 웹페이지에 게시하고는
했는데, 사람이 좋아해 주는 것을
느꼈습니다. 그렇게 문득 누군가
제 글을 보고 즐거워하고 공감할
수 있으면 참 좋겠다는 생각이 들어
직접 책을 출판하게 되었습니다.

출판 과정에서 디자인과 편집,
표지 및 종이 선정까지
직접 다 하신 건가요?
처음에는 독립출판 수업을 들은
친구에게 물어보았습니다. 혼자는
무리일 것 같아 편집을 도와줄
사람을 찾았었는데, 직접 해보니까
생각보다 쉽고 제가 그냥 해보고
싶어서 결국 혼자서 모든 일을
맡게 되었습니다. 제목 디자인은

캘리그라피를 잘 쓰는 친구에게
도움을 받았습니다. 그 외에 사진,
글, 편집, 인쇄까지 모든 출판 과정은
제가 직접 했습니다.

전체적인 작업과정이
어땠는지 설명해주신다면요?
지금까지 써 놓았던 글을 정리하고,
그동안 찍었던 필름 사진을 글
사이사이에 끼워 넣었습니다. 저는
인디자인 같은 전문 프로그램을 쓰지
않고, 한글로만 작업했기 때문에,
기술적인 측면에서는 상세하게
말씀드리기가 어려울 것 같습니다.
대신 이러한 저의 작업과정을 통해
출판의 진입장벽이 높지 않다는 것을
꼭 말씀드리고 싶습니다. 누구나 할
수 있습니다.

『누구나 지금이 처음이다』라는 책은
글과 사진의 연결이
아주 자연스러운데, 사진은 어떻게
촬영하고 선정하셨나요?
어떤 경우에는 찍었을 때의
감정을 간추리기도 하고, 하고
싶은 이야기를 쓴 뒤에 관련 있는
사진을 넣기도 합니다. 표지 같은
경우에는 많은 분이 제 어릴 적

사진이냐고 물어보시는데, 제가 아니라 이탈리아에 여행을 갔을 때 해변에 아이가 돌을 던지고 있는 모습을 찍은 사진입니다. 아이의 모습을 보면서 '나도 저런 시절이 있었지.'라는 생각이 들어서 찍게 됐습니다.

<두 손 가득히 쥐면>이라는 작품에 넣으신 사진을 표지로 고른 이유가 있으신가요?

<두 손 가득히 쥐면>이라는 글은 처음부터 사진 속 아이를 보고 쓴 내용입니다. 어린아이들은 무언가

먹을 때 양손 가득 쥐고 먹으려다가 떨어뜨리곤 하는데, 이 아이도 두 손 가득히 돌을 쥐고 던지려는 데 자꾸 돌이 떨어졌던 거죠. 그 모습을 보고 '내가 처음을 이야기하려면 지금 가지고 있는 것들을 내려놓은 뒤에야 말할 수 있지 않을까'라는 생각이 들었습니다. 돌을 던지는 모습이 누군가에게 이야기를 전달하는 모습과 같다고 생각했고, 물에 돌을 던지듯 제 이야기가 읽는 분들의 잔잔한 파문을 남겼으면 하는 메시지를 담고 있기도 합니다. 그리고 책을 쓰는 내내 머릿속에서 떠나지

않던 사진이기도 했습니다.

**'순간'이라는 단어를 좋아하시는데,
작가님에게 '가장 좋았던 순간'은
언제이신가요?**
책에도 쓴 것처럼, 제가 순간을
좋아하는 이유는 '모든 사람이 이
순간의 연속을 살고 있고, 그 순간을
길게 이어서 기억하기에 좋든 싫든

그것이 다 순간'이기 때문입니다.
그래서 저는 매 순간순간이 다
좋습니다. 특별한 이벤트가 있어서
행복할 수도 있고, 힘든 상황으로
지치는 순간도 있겠지만, 그래도 저는
모든 순간이 좋은 것 같습니다. 굳이
가장 좋았던 순간을 꼽자면 요즘
제 책에 관심을 가져주시는 분들이
많아져서 행복했습니다. 제가 한동안

책을 내려놓고 일상에만 집중하고 있었는데, 갑자기 1~2주 전부터 여러 책방에서 재입고 요청도 오고, 이렇게 책 이야기할 수 있는 인터뷰 기회까지 가질 수 있어 좋았습니다. 마치 제가 던진 이야기로 파문이 일어난 듯한 느낌이었습니다.

〈일을 하다〉라는 글에서 '좋아하는 것이 일이 되고, 생계수단이 된다면 그것을 좋아만 했을 때의 순수함이 사라지는 것을 느낄 때가 있다'고 하셨는데, 작가님은 '좋아하는 일'과 '잘하는 일'중 어느 쪽을 택하고 싶으신가요?
스스로가 결단력과 도전정신이 있다면 좋아하는 일을 하는 게 맞겠습니다. 하지만 제가 잘할 수 있는 일을 해야 한다고 말하는 이유는 좋아하는 일이 생계수단이 되는 순간, 좋아했던 느낌을 잃어버리기 때문이라고 생각합니다. 그렇지만 잘할 수 있는 일을 좋아하게 되면 또 다른 좋아하는 일을 할 수 있게 될 겁니다. 그래서 저는 제가 하는 일로 '다른 사람들이 행복했으면 좋겠다'는 생각에 제가 잘할 수 있는, 마케팅이라는 일을 통해 꿈을 실천하고 있습니다. 좋아하는 일을 하는 게 가장 좋지만, 좋아하는 일을 하기 위해 자신이 잘할 수 있는 일을 찾아서 하는 선택도 좋다고 생각합니다.

〈비스킷통〉에서 '좋아하는 것만 자꾸 먹어버리면 나중엔 그다지 좋아하지 않는 것만 남게 된다.'고 하셨는데, 좋아하는 것과 어쩔 수 없이 해야 하는 것이 있다면 어떤 걸 먼저 하시겠어요?
좋아하는 일을 먼저 하는 편입니다. 비스킷통에 좋아하는 것만 먼저 먹어버려서 덜 좋아하는 것들만 남게 되더라도 그것마저 다 먹고 나면 또 새로운 비스킷통을 열게 될 테니까요. 좋아하는 것을 하고 싶을 때 하는 게 맞는다고 합니다. 좋아하는 일을 먼저 하다 보면 기분 좋게 어쩔 수 없이 해야 하는 일도 기분 좋게 할 수 있지 않을까요?

〈일상을 여행처럼, 여행을 일상처럼〉에서 '문밖에 나가면 여행이니까. 똑같은 매일은 없으니까.'라고 하셨는데, 저는 지친 현대인들은 반복되는 일상을

여행처럼 느끼긴 힘들지 않을까 생각했었거든요. 어떤 의미로 '일상이 여행'이라고 표현하신 건가요?

여행 가서 하는 행동 자체는 무언가를 보거나 먹는 일상적인 것들입니다. 행동은 평소와 같지만, 그 대상이 조금 달라졌을 뿐이죠. 그래서 저는 일상에서도 여행과도 같은 설렘을 찾아보려고 하는 편입니다. 그 한 방법으로 항상 '지금 이 순간에 어울리는 OST는 무엇일까?' 생각해보고는 합니다. 예를 들어 버스 창문 바깥의 풍경과 어울리는 음악이 깔리는 것만으로도 그 순간의 일상이 마치 한 편의 영화나 뮤직비디오가 되는 것과 다름없으니까요. 그렇게 평범한 일상이지만, 오늘은 왠지 특별한 것 같은 느낌을 받게 되는 거죠. 이렇게 각 순간에 맞는 '내 삶의 OST 목록'을 만들어 보면 음악을 통해 일상을 여행처럼 느낄 수 있어서 추천해 드리고 싶습니다.

〈청춘〉에서 '언제나 파릇하고 생기 있는 모습이 상상되는 청춘이란 말이 좋다.'고 하셨는데, 요즘 청춘이라고 하면 생기보다는 포기가 더 어울리는 말이 되어버렸는데요. 현실의 벽에 부딪혀 좌절하는 청춘을 위해 한마디 부탁드릴게요.

이상을 꿈꾸며 살아가는 '청춘'이라는 말을 좋아하는데, 요즘 많은 청춘이 현실에 힘들어하고 있는 것 같습니다. 제가 〈청춘〉 다음에 〈피어나다〉라는 글에서 '꽃은 저마다 피는 시기가 다 다르다.'라고 썼는데요, 모두의 시기와 방법이 다르므로, 정형화된 틀에 자신을 억지로 끼워 맞추지 않았으면 좋겠습니다. 또, '그래도 괜찮다'라고도 말해주고 싶습니다. 누구나 매일을 처음 겪고 있는데, 남들에게 맞춰 기준을 세우거나 비교하지 말고 '이렇게 해도 괜찮구나'라고 생각하면 좋겠습니다. 지금은 누구에게나 처음이기 때문에 '초보'라는 말로 보호를 받을 수 있으니까요. 그 말에 너무 안주하는 것도 좋지 않지만, 그래도 '처음이니까 괜찮다'고 전해주고 싶습니다.

20대의 그렸던 30대의 모습과 30대가 된 현재의 모습이 어떻게 다르신가요?

아는 만큼 그린 것 같습니다. 20대 때는 그때 제가 알고 있는 것들로만 30대를 그렸다면, 지금 30대는 20대 때보다 경험하고 느끼는 것들이 많아졌다고 생각합니다. 20대 때는 머릿속으로 막연하게 '30대가 되면 이렇게 될 거야' 정도였다면, 지금은 매일을 처음 살아보면서 겪는 것들이 더해진 모습이라 많이 다른 것 같습니다. 그런데 그런 경험들이 쌓인 지금의 모습이, 상상했던 것보다 훨씬 좋습니다. 20대에는 '30대가 되어서 언제 공부를 하고, 대학원을 하고, 유학을 가고, 취직을 해야겠다'는 틀에 박힌 미래를 생각했다면, 지금은 그런 것들에 얽매이지 않고, 더 새로운 자신의 모습들을 볼 수 있게 되었습니다.

그렇다면 40대의 모습은 어떻게 그리고 계시나요?

사람들을 위한 일을 하면서, 무언가 사람들과 가까운 이야깃거리를 만들고 있을 것 같습니다

책뿐만 아니라 답변에서도 '사람들을 위한 일을 하고 싶다'는 말을 계속하셨는데, 이런 생각을

하게 된 이유가 있으신가요?

어릴 때부터 사람들 앞에서 나서는 것도, 사람들을 만나는 것도 좋아하는 아이였습니다. 그러다 잠시 나 혼자만의 시간에 빠졌다가, 오히려 그때 '나 혼자서는 살아갈 수 없는 세상이구나'하고 깨달았습니다. 그 뒤로 주변에 나와 관계를 맺는 모든 사람이 더 소중해지기 시작했고, 더 나아가서 내가 영향을 줄 수 있는 사람들까지 생각하다 보니 결국 사람들을 위한 일을 하고 싶었습니다. 어릴 때는 불량배였던 학생이 우연한 기회에 선생님이 되어 학생들을 위하는 참교육자가 된다는 내용의 만화 GTO를 보고 막연하게 선생님이 되고 싶었습니다. 그런데 입시의 벽에 부딪혀 그 꿈은 내려놓았었지만, 사회에 나가서 다시 업무적으로 교육을 하게 되었고, 무언가 알려주는 사람이 되고 싶다는 생각은 변하지 않았습니다. 이제 와서 돌이켜보니 이 모든 과정이 '사람을 위한 일'을 하고 싶은 바람에서 시작된 것 같습니다. 사람을 위한 일을 하고 싶다는 목표와 방향이 뚜렷했기에, 제가 처음 그렸던 방식과는 다르지만 결국 꿈을

이뤘다고 생각합니다.

**피드백을 해 준 독자 중에
기억에 남는 에피소드가 있으신가요?**
제목을 보고 꽂히셔서 책을 읽게
되었다는 분도 있었고, 책을 읽고
개인 블로그에 정성스레 리뷰해 주신
분도 있었습니다. 모든 분에게 다
감사하지만, 그중에서도 제목이 인상
깊었다고 말씀해 주시는 분들이 많아
기분이 좋습니다. 제목만 보고도
많은 공감을 했다는 것은 제가
하고 싶은 말이 잘 전달이 되었다는
이야기기니까요.

**작가님이 생각하는
'처음'이란 무엇인가요?**
'처음'이란 제가 '좋아하는 것'입니다.
처음 해보는 모든 일을 좋아하고,
처음에서 오는 낯섦과 어려움도
좋아하는 편입니다. 그래서
'처음'이란, 저에게 '언제나 설레는
것'이기도 합니다.

**살면서 지금 이 순간 가장
중요하다고 생각하는 가치는
무엇인가요?**
미래의 행복을 좇으며 살기보다는,

지금 이 순간의 행복을 누리며
살려고 합니다.

"

처음이라 서툴지라도, 그런 시간이 이어져
지금의 내가 만들어지기에 매 순간이
소중하다고.
'사람을 위한 일'을 하고 싶다는 말처럼,
그의 글과 철학에서 독자에게 전하는
메시지가 들리는 기분이었다.

모든 순간, 그리고 지금 이 순간의 행복에
집중하라는 말이 결코 뻔한 이야기로 들리지
않는 것은, 그의 여행 속에서 우리와 닮은
모습을 발견할 수 있기 때문일 것이다.

"

Follow

강희완(필명 : 강보통) @kanywany

인스타그램 @kanywany

· 2017년 2월 『누구나 지금이 처음이다』 발간
· 2017년 『누구나 지금이 처음이다』 2쇄
· 2018년 『누구나 지금이 처음이다』 3쇄

View All

인터뷰 이후 예상치 못하게 2쇄, 3쇄 출판. 그리고 절판.
'매일 조금씩의 글을 남기자'라고 인터뷰에서 거창한 말을 했지만, 당연히 지키지
못하고 있다.
그래도 인스타그램에서 '#보통이야기', '#사람사이사랑'이라는 태그로 볼 수 있는
글을 꾸준히 연재 중이다.
2017년 11월 결혼 후, 행복한 보통의 하루를 보내는 중.
책 제목처럼 매일을 처음 살아보는 것처럼 살고 있다.

가볍고 편해서,
라면 받침대로
써주셔도 좋겠는 책

김동훈

『매일의 기분』

기분은 항상 오르락내리락한다.
살면서 희노애락이 번갈아 나타나기도 하지만,
그 정도로 각기 다르다.
하루하루가 심각하기만 하거나 가볍기만 하지도 않다.
이렇게 자연스레 느끼는 것이 바로
'매일의 기분'이 아닐까.

카페라테처럼 때로는 부드러우면서도 때로는 쓰기도 한,
김동훈 작가의 경험을 한 잔 들이켜보자.

**작가님과 책에 대해 소개
부탁드립니다.**

현재는 다른 분야에서 일하고
있지만, 과거 출판사에서 3년 정도
일한 출판 노동자였습니다. 『매일의
기분』은 작년에 원치 않는 퇴사를
하면서 심리적으로 많이 힘들 때,
자존감을 회복하고자 세 달 동안
하루도 빠짐없이 에세이를 쓰기
시작했어요. 다시 취직하면서 이렇게
써온 에세이로 책을 만들어 보고
싶다는 생각이 들더라고요. 책을
쓰는 사람들은 대단한 사람이라고
생각했는데, 독립출판물의 인기가
높아지면서 '나도 할 수 있겠다'라는
생각이 들었어요. 출판사에서
일한 경험을 바탕으로 디자인부터
편집까지 제 손으로 책을 만들게
되었죠.

**책을 만들기 이전부터 독립출판에
대해 알고 계셨나요?**

전부터 독립출판을 알고 있었어요.
북촌에 있는 출판사에서 일했었는데,
주변에 독립서점이 많이 있어서 알게
되었죠.

출판사에서 일하시다 보니 더더욱

**'나만의 책'을 출판하고 싶으셨을 것
같아요.**

독립서점을 알고 나서부터 서점을
해보고 싶기도 했고, 그동안 써 온
글도 있었기 때문에 책을 만들어
보고 싶었어요. 처음에는 지인들에게
나눠줄 목적이었는데, 소소시장에
다녀온 이후로 저도 직접 제 책을
팔아 보고 싶어서 책을 만들게
되었어요.

**퇴사 후에 글을 써야겠다고 결심하게
된 이유가 있으신가요?**

원치 않은 퇴사로 인해 공백기가
생기면서 자존감이 많이 떨어지고
심리적으로 많이 힘들었어요. 어릴
때부터 책 읽기를 좋아해서 직접
써보고 싶기도 했고, 책을 쓰면서
힘든 시간을 버틸 수 있었던 것
같아요.

**3개월 동안 약 100편의 에세이를
쓰셨는데, 책에는 딱 15편만
담으셨어요. 선정할 때 어려움은
없으셨나요?**

100편 넘게 썼지만, 생각보다 맘에
드는 작품이 얼마 되지 않았어요.
SNS에 가볍게 올리는 글과 책에 싣는

글은 다른 느낌이라고 생각했거든요. 그러다 보니 제 나름의 선정 기준도 높게 잡게 되고, 좀 더 신중해지더라고요. 이 기준대로 맘에 들지 않는 작품은 과감히 빼다 보니 오히려 선별이 쉬웠던 것 같아요.

매일 쓰고 싶은 글은 무엇이었나요?

처음에는 여행 에세이를 쓰고 싶었어요. 그런데 여행에서는 하고 싶은 이야기가 너무 많더라고요. 그래서 100편 중에서 50편은 여행 이야기를 쓰고, 나머지는 좋아하는 책이나 영화 이야기를 썼어요. 그런데 리뷰로 이번 책을 만드는 건 좀 아닌 것 같아서 『매일의 기분』에 싣지는 않았어요.

『매일의 기분』이라고 제목을 지은 이유가 있으신가요?

생각나는 대로 쓴 글을 모아둔 카테고리 제목을 임시로 '매일의 기분'이라고 써놨었는데, 나중에 책 내려고 봤을 때도 마음에 들어서 그대로 제목으로 쓰게 되었습니다.

『매일의 기분』의 출판 과정은 어땠는지 소개 부탁드립니다.

3개월 동안 써온 100여 편의 글을 선정하고 3~4번의 수정 과정이 있었어요. 제가 회사 다니면서 배운 기술로 편집 디자인까지 직접 했죠. 첫 작품이다 보니 1부터 10까지 전부 다 제가 하고 싶었거든요. 그래서 사진도 제가 찍은 것만 실었고, 삽화도 부족하지만 직접 그려 넣었어요. 원고 정리하고 디자인이 완성되기까지 약 한 달 정도 걸렸는데, 크라우드 펀딩을 받아서 출판해보고 싶더라고요. 그래서 3주 정도 펀딩을 받고 출판을 하게 됐는데, 이 과정에서 1인 출판사를 위해 사업자등록도 하게 되었어요. 이 모든 과정이 책을 쓰고 싶다는 열망에서 출발해서 자연스럽게 이뤄진 것 같아요.

독립출판과 크라우드펀딩 모두 처음이셨을 텐데 어려운 점은 없으셨나요?

크라우드펀딩으로 150부 정도의 책이 출판됐는데, 그중 50부가 지인들이고 100부가 전혀 모르는 분들이 후원을 해주셨어요. 제가 SNS를 크게 운영하는 것도 아닌데 책만을 보고 후원해 주셔서 정말

감사했죠. 이런 분들을 보니까
책임감이 더 무거워지기도 했어요.
그래서 50부 먼저 견본을 인쇄했을
때도 디자인이 마음에 들지 않았고,
그다음 100부에서도 수정할 부분이
계속 보이더라고요. 그래서 끝까지
수정 과정을 거쳐 최종본이 나오게
되었어요.

**서점에는 얼마나 입고를
진행하셨나요?**
대형서점 입고는 힘들 것 같아서
현재까지 독립서점 약 25곳 정도

입고한 상태예요. 입고하면서 신경
썼던 점은 지역별로 고르게 배포하는
거였어요. 제가 지방에서 살다가
서울로 올라와 보니 서울과 지방의
문화적 차이가 크더라고요. 지방에도
독립 서적을 많이 알리면 좋을 것
같아서 고루 알아보고 입고를 했죠.

**『매일의 기분』의 머리말에 이 책의
점수를 스스로 70점으로 매기셨는데
그 이유가 무엇인가요?**
제가 출판사에서 3년 정도 일하다
보니 편집, 디자인, 출판 등 각 분야에

실력 좋은 분들을 많이 봤거든요. 제가 출판 과정에서 이것저것 다 할 수 있을지는 몰라도, 한 부분씩 떼놓고 보면 그런 전문가분들에 비해 실력이 부족하다고 느꼈어요. 물론 처음부터 끝까지 직접 만들었다는 점에는 만족하지만, 출판 과정의 각 부분에서는 전문성이 필요하기도 하다고 생각해서 70점이라는 점수를 주었던 거죠.

사람들이 편하게 읽었으면 하는 마음에 분량을 120페이지로 정하고 쓰셨다고 하던데요.
요즘 스마트폰을 더 많이 보는 시대에 두꺼운 책은 안 볼 것 같더라고요. 그리고 처음에는 지인에게 선물하려는 목적에서 책을 만들기 시작하다 보니, 두꺼운 책을 선물하면 부담일 것 같았어요. '끝까지 다 읽는 사람이 얼마나 될까?'라는 생각도 들었고요. 그래서 독자의 부담을 줄이기 위해 분량을 많이 잡지 않았어요. 그리고 글을 쓰다 보면 감정이 과하게 담길 수도 있는데, 일부러 그런 글을 다 빼고 담백하게 읽을 수 있는 글만 골라서 넣기도 했어요.

『매일의 기분』은 주로 여행에 관한 이야기인데요, 평소에 여행을 자주 다니시나요?
회사 다니기 전에는 많이 다니려고 했어요. 여행 중에 힘들고 나빴던 일도 있겠지만, 저는 다녀오면 결국 좋았던 기억이 더 많이 남더라고요. 그래서 회사 다니고 있는 요즘에는 여름휴가 포함해서 1년에 한두 번 정도 여행을 가고 있어요.

태국 여행 때, 숙소도 잡지 않고 특별한 계획 없이 떠나셨다고 하셨는데 원래 여행 스타일이 즉흥적이신가요?
처음이라 잘 몰라서 그랬던 것 같아요. 요즘엔 여행 가기 전에 숙소도 꼼꼼하게 찾아보는 편인데, 태국 여행 때는 책을 보니까 현지에서도 쉽게 숙소를 구할 수 있다고 해서 별생각 없이 갔던 것 같아요. 그런데 생각보다 방 구하기가 쉽지 않아서 고생했었죠.

태국 여행 숙소와 더불어 워킹홀리데이 때 룸메이트의 불편함을 통해서 '집은 무조건 편해야 한다'고 하셨는데, 작가께서

생각하는 편안한 집은 무엇인가요?
책에 나오는 친구 M이 한
말이었어요. 워킹홀리데이 때는
저녁에 일을 마치고 나면 밤에
활동하는 룸메이트 생각에 집에
들어가기가 싫더라고요. 편안한 집은
스트레스받지 않고 마음이 편안한
집인 것 같아요.

**〈알프스에서의 맥주 한 캔〉에서
여행의 교통수단 중 대표적으로
기차 이야기를 하셨는데, 작가께서
생각하는 '기차'의 매력은
무엇인가요?**
일정한 속도로 정해진 선로를
따라가는 기차만의 매력이 있는 것
같아요. 제가 다른 교통수단을 타면
멀미를 하는데, 기차는 멀미가 없어서
편한 것 같아요.

**〈여행의 아이러니〉에서는 '여행이
힘들더라도 시간이 지나면 아름다운
기억으로 남는다'라고 하셨는데,
지금까지의 여행 중 가장 힘들었던
여행은 어떤 여행이셨나요?**
하루에 6~7시간씩 걸어야 했던
산티아고 순례길이 가장 힘들었어요.
약 800km를 30일 동안 걷다 보니
체력적으로 많이 힘들었죠.

**산티아고 순례길에서 기억에 남는
에피소드를 소개해주신다면요?.**
첫날에는 다들 기대를 품고 있었는데,
도착한 첫날부터 정말 힘들었어요.
순례길 전체에서 힘든 코스가
3개 정도인데, 그중 하나가 첫날
코스거든요. 첫날부터 너무 힘들어서
스스로 내면의 바닥을 보게 됐어요.
책 중에 〈겸손을 배우다〉라는
글이 있는데, 이때 고생하며 '내가
너무 만만하게 봤구나', '내가 이
정도밖에 되지 않았구나'라는 생각이
들어 겸손해지는 제 모습을 썼어요.
순례길 중간에 짐을 버리는 곳이
있는데, 많은 사람이 가져온 짐을
거의 다 버려요. 특히 부피가 큰 책을
많이 버리더라고요. 저는 미리 짐을
간소화해서 가져간 덕분에 거기서
버리지는 않았고, 사흘 정도 더 가면
나오는 택배 서비스를 통해 짐을
도착지에 미리 보냈어요. 그래도
첫날부터 힘든 고비를 넘기다 보니
그다음부터는 큰 무리 없이 갈 수
있겠더라고요.

첫 해외여행의 느낌은 어떠셨나요?

제가 첫 해외여행을 늦은 나이에
다녀왔는데, 한 번 다녀와 보니
견문도 넓어지고 경험도 많이 쌓이는
것 같아서 어릴 때부터 여행을 자주
다닌 친구들이 부러워지더라고요.
여행을 그다지 좋아하지 않는
편이었는데, 해외여행을 다녀온
이후부터 좋아하게 된 것 같아요.
그래서 쉬는 기간 동안 여행을 자주
갔어요. 그런데 여행도 좋지만,
타지에서의 생활은 여행과 또

다른 매력이 있겠더라고요. 그래서
다니던 직장을 그만두고 뉴질랜드로
워킹홀리데이도 다녀오게 되었어요.

뉴질랜드에서의 워킹홀리데이는
어떠셨나요?
워킹홀리데이 가기 일주일 전까지
회사에 다니다가 뉴질랜드를 왔는데
워킹홀리데이 일주일 전까지도
회사에 다녔는데, 뉴질랜드에 와서도
낮에는 영어 공부하고, 저녁에

아르바이트까지 하다 보니 한국에 있을 때랑 똑같이 아등바등 산다는 기분이 들었어요. 그래서 어느 정도 모아둔 돈을 믿고 아르바이트보다 영어 공부에 집중했어요. 세계 각국에 있는 친구들과 이야기를 나누며 공부하는 게 정말 재밌더라고요.

내일로 여행도 두 번이나 다녀오셨는데, 국내 여행과 해외여행의 차이가 있다면 무엇일까요?

국내 여행과 해외여행을 구분할 것 없이 여행 자체가 행복인 것 같아요. 가기 전에는 설레고, 다녀와서도 좋은 기억이 많이 남으니까요.

마지막 에피소드인 〈한국에 돌아왔다는 것〉에서 한국의 불친절한 일상으로 마무리를 하셨어요. 여행은 힘들어도 좋은 것이라는 이야기를 하셨었는데, 책의 마무리는 한국에 대한 비관적인 시각으로 하셨는데 그 이유가 있으신가요?

처음 원고를 선별할 때부터 첫 이야기는 태국 여행, 그리고 마지막은 한국의 불친절함으로 하고 싶었어요.

마무리가 말끔하지 않았던 것이 제 스타일인 것 같아요. 그렇지만 가장 제목에 어울리는 에피소드라고 생각해요.

『매일의 기분』에 실리지 못한 글 중 기억에 남는 글은 어떤 게 있으신가요?

마지막에 새로 하나 써서 넣고 싶은 글이 있었어요. 다시 취업해서 출근하는 첫날, 초행길이라 길을 잘못 드는 게 아닐까 걱정하며 두세 번씩 확인하는데, 다른 사람들은 저와 다르게 익숙한 듯 자연스레 직장으로 향하는 모습이 존경스럽더라고요. 그중에 정말 하고 싶은 일을 하면서 사는 사람도 드물 텐데, 먹고 살기 위해 매일 아침 출근길에 익숙해진 직장인들의 모습을 보고 많은 생각이 들었어요. 그리고 '나도 곧 있으면 처음 출근하는 사람이 볼 때는 출근길에 익숙해진 직장인이 되겠구나'라는 그날의 기분을 쓰고 싶었어요.

마지막 질문입니다. 독자에게 『매일의 기분』이 어떤 책이기를 바라시나요?

가볍게 읽을 수 있는 편안한
책이었으면 좋겠어요. 라면 먹을 때
받침대 없으면 라면 받침대로 쓰고
책상 흔들거리면 밑에 깔아도 좋을
만큼 부담 없어요.

"

서두에서 자연스럽게 받아들여야 하는 것이
'매일의 기분'이 아닐까 언급했었다.
편안한 책이면 좋겠다고,
냄비 받침으로 쓰여도 부담 없는 책이면 싶다는
김동훈 작가의 말 또한 그 연장선이라고 느껴졌다.

힘든 시기에 글을 쓰고,
독립출판으로 책을 만들고,
크라우드펀딩으로 세상에 내놓은 책이
소중하지 않을 리 없다.

하지만 그런 책이니만큼 독자를
부담스럽게 하지 않았으면 좋겠다는 마음이.
언제든 가볍고 편하게 읽어줬으면 하는
그의 씀씀이가.
너무나도 작가다운 생각이 아닐까 싶었다.

"

Follow

김동훈

블로그 blog.naver.com/napbock

· 2017년 『매일의 기분』 발간
· 2018년 『이명옥 회고록』 발간(이명옥 공저)

View All

모든 예술 분야가 그렇겠지만 특히 독립출판물은 제작자와 독자 상호 간의 소통이 무척 중요한 역할을 한다고 생각합니다. 저는 제작자로서 독립출판물의 꾸준한 제작을 위해 노력하고 있습니다. 독자분들의 따스한 관심 부탁드립니다. 후에 더 좋은 글로 찾아뵙겠습니다.

2017년 5월 29일

나무로 살아간다는 건,
그루터기로 살아갈 수도
있다는 것

김명철

『나를 기억해 줄 당신께』, 『머무르다』,
『나무가 되어야겠다』

사람은 끊임없이 생각하고 감정을 느끼는 존재이다.
하지만, 그 모든 생각과 느낌을
기록으로 남기는 사람은 많지 않다.

지금 했던 생각은, 시간이 지나고 나서도
온전히 그대로는 아닐 것이다.
우리의 추억은 '그땐 그랬지', '한때는 나도'라는 말처럼,
이미 미화되어 버린 기억인지도 모른다.

김명철 작가는 매일의 일상을 기록하며,
그때의 생각과 감정을 보존하면서도 현재에 적응하고
새로운 변화를 추구한다.
어쩌면 이러한 방식이 '나무'의 삶이 아닐까 느끼며
그의 이야기를 들어본다.

『나무가 되어야겠다』는 어떤
내용인지 독자들을 위해 소개
부탁드립니다.

제가 첫 번째 책과 두 번째 책은
편집을 동시에 했어요. 첫 번째
책『나를 기억해 줄 당신께』같은
경우에는 미래의 독자분들과 지금의
독자분들께 편지를 쓴다는 마음으로
기획을 했습니다. 두 번째 책『나무가
되어야겠다』는 20대 때 기록했던
것을 바탕으로 30대부터는 어떻게
살아야 할지에 대한 의지와 열망을
담은 책이에요. 앞으로 나무처럼
살고 싶다는 생각으로 쓴 거죠.

'나무 같은 삶'을 살고 싶다고
하셨는데, 구체적으로
어떤 삶인가요?

'나무 같은 삶은 무엇일까?'하고
고민을 많이 했어요. 묵묵히 그
자리에서 보이지 않더라도 뿌리를
내리는 삶이 아닐까 싶더라고요.
예전에는 '어디든 가야지, 무엇이든
해야지'라는 마인드였는데 지금은
'주어진 거 잘 열심히 하고, 누가
알아보든 알아보지 않든 뿌리를
내려야지'라는 생각으로 살려고
노력해요.

일상의 기록과 생각을 엮어 책으로
출판하게 된 계기가 있었나요?

책이라는 건 기록물이잖아요.
내가 기록으로 남겨두지 않으면
이게 미화되더라고요. 내가 지금은
정의롭고 따뜻한 세상을 바라고
있는데, '나중에 내가 어른이 되었을
때도 같은 마음일까', '되새길 수
있는 장치는 없을까'고민하다가
책으로 출간하면 되겠다는 생각이
들었어요. 책으로 내가 내뱉을 말을
담아두는 거죠. 자신을 옥죄는 일일
수도 있지만, 현재의 내가 살고 싶은
기조를 담아두고 싶었어요.

독립출판을 통해
책을 발간한 이유는 무엇인가요?

제가 독립출판을 하게 된 가장
큰 이유가 의미 있는 일을 하고
싶었어요. 출판사하고도 이야기를
주고받았었는데, 인세를 10% 정도
받고 저를 돈으로 대하는 태도가
마음에 안 들더라고요. 그리고
유통구조에서 출판사가 취하는
금액도 엄청나고요. 그래서 제가
직접 해봐야겠다는 생각이 들어서
독립출판을 하게 되었어요.

**작가님은 독특하게도
책을 1+1로 판매하고 계시던데
이유가 있으신가요?**

제 책을 읽으시는 분들께는 더 많이
드리고 싶었어요. 저는 나눔이 있는
삶을 추구하는데 독자분들에게
무엇을 드릴 수 있을까 생각하다가
1+1을 선택하게 됐어요. 한 권은
본인이 읽으시고, 자기가 읽었던
마음을 공유하고 싶은 사람에게
선물할 수 있도록 책을 한 권 더
드리게 됐습니다.

**필명 '밍칠'이 본명인
'명철'과 비슷하신데,**

어떤 의미에서 정하신 건가요?

'밍칠이'는 원래 대학교 때 제
별명이었어요. 한 선배가 맛깔나게
'밍칠이'라고 불렀는데, 그 선배가
영향력 있는 선배라 다른 친구들도
그렇게 부르기 시작하더라고요.
SNS에서 글을 쓰기 시작했을 때,
큰 고민 없이 '밍칠이의 생각'으로
적었던 것이 지금까지 이어져 오고
있는 거죠. 그렇게 자연스럽게 필명도
'밍칠'이라고 쓰게 되었네요.

『나무가 되어야겠다』 이전에도 『나를
기억해 줄 당신께』, 여행 에세이집인
『머무르다』까지 작년에 총 3권을

**출판하셨어요. 각 책의 작업 기간은
얼마나 걸리셨나요?**

써냈던 글들을 기획 의도에 맞게
편집하는 기간이 조금 오래 걸렸고,
디자인에는 두 달 정도 소요된
것 같아요. 기간에 구애받지 않고
내가 의지만 있으면 얼마든지 할
수 있다는 게 독립출판의 매력인 것
같아요.

**그럼 책의 디자인도
직접 하신 건가요?**

정말 감사하게 제 주변에 디자인하는
친구들이 있었어요. 그래서 제가
부탁을 했죠. 그 친구들도 이
작업 이후에 편집 디자인 쪽으로
일을 하게 되었어요. 제 책 뒤에도
적어놨는데, 디자이너 '스며들다'라는
분과 함께 작업했습니다.

본래는 어떤 일을 하고 계시나요?

제가 지금까지 세 번 직업이
바뀌었는데요. 처음에는 장교
생활을 했고, 전역한 뒤에는
무역회사에서 1년 정도 일했어요.
무역회사를 그만두고는 멕시코
쿠바 쪽을 여행하고 돌아온 뒤에
홍보대행사에서 1년 정도 있었어요.

**책에서 멕시코와 관련된 내용이
인상 깊었는데요, 멕시코에서의
생활은 어떠셨나요?**

멕시코에서의 생활은 저에게 있어 큰
전환점이었어요. 사실 도피하다시피
가게 됐거든요. 가장 큰 이유는
회사생활이 너무 힘들어서였고,
그즈음 사랑에도 실패했었어요.
그래서 도피성으로 떠나게 됐죠.
그리고 해외에 나간다는 것
자체가 변명거리가 될 수 있다고
생각해서였어요. 일단 해외에
나간다고 하면 다른 사람들이 볼 때
대단해 보이잖아요.
그런데 그렇게 준비 없이 나가다
보니, 외로움을 많이 타면서 우울증
비슷하게 온 것 같아요. 그런
어려움 때문에 오히려 그때 기억이
많이 남아있어요. 6개월 동안
여행은 즐거웠지만, 심리적으로는
힘들었죠. 그렇게 인생의 허무함을
맛보고, 성공이 우선이 아니라는 것을
알게 되었어요.

**작가님마다 첫 출판에 대한
에피소드가 다양한데요, 작가님은
어떤 일이 기억에 남으시나요?**

첫 번째 책을 준비하는 과정에

1년이 걸렸어요. 내용을 다 준비해놨고, 편집 디자인은 친구에게 부탁해놨었는데 그 친구가 일이 많이 바빠진 거예요. 그래서 친구와 시간을 맞추는 데 6개월이 걸렸어요. 제가 돈이 있는 것도 아니고, 이미 약속한 일이니 그저 기다렸죠. 그 6개월이라는 시간이 꽤 길었던 것 같아요. 그래도 한 권 해보니 다음 책을 낼 때부터는 수월하더라고요.

독립서점을 운영하시는 분들의 이야기를 듣다 보면, 일부 손님이 독립출판물을 가볍게 여기는 경우가 종종 있다고 하거든요

'이런 책은 나도 만들겠다'하는 식으로요. 이런 반응에 대한 작가님의 생각은 어떠신가요? 개인적으로 독립출판과 대형 출판 사이의 격차가 점점 줄어들고 있다고 생각해요. 제 일을 도와준 친구들 같은 경우에는 한 번 작품을 내더니 출판사를 차린 예도 있고요. 작업을 같이했던 친구들이 지금은 프리랜서 편집 디자이너로 활동하고 있는데, SNS에서 반응이 뜨거워서 책도 만 권, 이 만 권 이렇게 팔려요. 이렇게 출판시장은 변하고 있거든요. 그런 점을 주목해야 할 것 같아요. 예전에는 신춘문예로 등단하거나

수상을 통해 힘 있는 작가가 되곤
했잖아요. 지금은 힘 있는 작가의
의미가 달라졌어요. 신춘문예 작가가
된다고 해서 몇만 권이 팔린다는
보장이 없죠. 오히려 등단은 안
했더라도 SNS에 글을 올리는
작가들이 더 인기가 있기도 하고요.

그러면 작가님이 보시는
독립출판의 전망은 어떠신가요?

밝다고 판단해요. 왜냐하면, 인디
문화에 대한 사람들의 관심이 점점
커지는 것 같아요. 나만 알고 있는
작가, 나만 알고 있는 가수, 그
사람들과 직접 소통할 수 있다는
매력이 있죠. 채널이 다양해져서
라디오, 인터넷 방송, 팟캐스트를
통해 만나볼 수 있고, 실제로 제
주변에도 이런 채널을 통해 팬들과
만나는 분들이 있으니까요. 그러다
보니 독립출판물만 따로 소개하는
인터넷 방송인들도 생기기도 했죠.

반대로 독립출판에 대해 우려되는
점은 어떤 게 있으신가요?

무게감이 없어지는 거죠. 무게감이
꼭 있을 필요는 없다고 생각하지만,
인기가 곧 실력이라고 판단하는

기조가 강해지는 것에 대한
부분은 조금 걱정스럽더라고요.
윤리적으로나 도덕적으로 조심하지
않고 막말을 하면 안 되니까요.

독립출판을 하고 나서 달라진 게
있으신가요?

이 책을 쓰고 나서 굉장히 많이 바뀐
것 중 하나가 '나무가 되어야겠다'는
생각이에요. 잎이 풍성한 것도,
앙상한 것도, 그루터기만 남은 것도
결국 모두 나무더라고요. 내가
나무로 살아간다는 건 잎으로도,
가지로도, 그루터기로도 살아갈
수 있다는 거죠. 주목받지 못할
수도 있지만 내 뿌리로 인해서
다른 나무들이 생길 수도 있고,
그루터기가 남아있는 걸 보고 내가
존재했다는 걸 알 수도 있고, 세상에
대단한 일을 하지 않아도 내가
나로서 존재했고, 그게 참 의미 있는
일이구나. 누군가에게 힘이 될 수도
있는 일이구나. 나는 앞으로도 이를
위해 기록해야 하는구나, 라는 것을
깨달았어요. 내 인생이 힘들어도
그 자체가 가치 있는 일이구나
싶어서 힘든 순간에도 뿌리 뻗고
있다고 생각해요. 삶의 방향이 많이

바뀌었죠.

**마지막으로 독자에게 전하고 싶은
한마디 부탁드리겠습니다.**
잘 나눠주셨으면 좋겠어요. 제
책을 읽고 정말 소중한 사람들에게,
생각을 공유하고 싶은 사람들에게
나눠주시면 좋겠어요. 제가 계속
독립출판을 하고 싶은 이유거든요.
물론 대형 출판사에서 '1+1을 해
드리겠습니다'라고 해도 저는 함께 할
생각이 있어요. 앞으로의 책도 계속
1+1으로 출간할 거고요.

66

흔히 우리가 '나무'하면 떠올리는 이미지는 푸르고
무성한 여름 나무이다.
하지만 김명철 작가는 말한다, 앙상한 나무도
그루터기도 모두 나무라는 것을..
나무에도 다양한 종류가 있듯이,
연극에도 다양한 역할이 있어서 주연도 조연도
그리고 스태프도 모두 필요하다.
비록 내가 주연이 아니더라도
자신의 역할을 충분히 해낸다면
스스로가 후회 없이 최선을 다했다면
이미 내 삶에서 빛나는 주연인 것이다.
나는 지금까지 타인의 시선과 주변의 기대에 얽매여,
크고 울창한 여름 나무만을,
주인공이기만을 고집한 건 아닐지 반성해본다.

99

김명철

· 2016년 『나를 기억해줄 당신께』 발간
· 2016년 『나무가 되어야겠다』 발간
· 2016년 『머무르다』 발간

Follow

View All

'너'라는 단어는
누군가라고 단정 짓기
어려운 말

박상혁

『너이기도 했다가 너일 때도 있었다』

'나' 다음에는 '너'가 있다. 그 둘이 모여 '우리'가 된다.
평소에 쓰는 말이나 문법에서는 참 단순한 1인칭, 2인칭 그리고,
복수형이다.
그런데, 소설에서의 2인칭 시점은 어려운 문제이다.
주어를 '너'로 지칭하는, 일반 독자에게는 익숙하지 않은 글이다.
신경숙 작가의 『엄마를 부탁해』가 가장 유명한 책인데,
'너'라는 2인칭을 통해 독자의 '엄마'를 떠오르게 만든다.

소설에서의 '너'가 어렵듯이, 사실은 실제 인간관계에서도 '너'는
어려운 존재 같다고 느꼈다. '너', '자네', '당신', '그대' 등의 2인칭
경칭은 실생활에서 쓸 일이 적다.
나 이외의 또 다른 개인의 존재와 소통하는 것이
쉬운 일은 아님을 보여주듯이.

박상혁 작가 또한 '너'에서 시작해 사람 관계에 대한
많은 고민을 한 듯했다.
그리고 그의 책 『너이기로 했다가 너일 때도 있었다』를 통해,
누구나 할 수 있는 그 고민에 동참해볼 수 있었다.

우선, 본인 소개 부탁드립니다.

2017년 2월에 『너이기도 했다가
너일 때도 있었다』를 출판한
박상범입니다. 지금 하는 일은
IT에서 프로그램 교육을 하고 있고,
예전부터 글 쓰는 걸 좋아해서
출판까지 하게 되었습니다.

**『너이기도 했다가 너일 때도
있었다』는 어떤 책인가요?**

저는 친구, 연인과 같은 사람 관계에
대해 생각을 많이 하는 사람이에요.
그래서 『너이기도 했다가 너일 때도
있었다』는 제가 사람을 만나면서
느꼈던 생각을 정리한 책입니다. 제
이야기일 수도 있지만 사람 관계에서
흔히 볼 수 있는 사소한 이야기이기
때문에, 많은 분이 공감할 수
있으리라 생각합니다.

제목은 어떤 의미에서 지으셨나요?

제가 출근할 때마다 생각나는 걸
적는 편인데, 글쓰기를 누르고
'너'라고 첫 마디를 적었어요.
그런데 '너'가 누구를 지칭하는 건지
헷갈리더라고요. 최근에 만났던
사람을 쓰고 싶은 건지, 아니면
정말 오래 만났던 그 친구를 말하고

싶은 건지, 첫사랑을 가리키는 건지
헷갈렸어요. 그러면서 '너'라는
단어는 내가 누군가를 단정 지어
지칭하기 어려운 말이라는 걸 깨닫게
된 거죠. 지금 내가 누군가를 만나고
있지 않을 때 '너'는 이 사람이 될 수도
있고, 저 사람이 될 수도 있는 것처럼
'너'라는 게 너이기도 했다가 너일
때도 있는 것 같아서 제목으로 짓게
되었습니다. 그리고 이 글을 읽는
사람이 '너'였으면 좋겠다는 의미도
있어요. 쉽게 말해서 이 책에 담긴
내용이 독자의 이야기였으면 하는
거죠.

**독립출판을 하게 되신 계기가
궁금합니다.**

우연한 계기였어요. 새해 목표 중
하나로 항상 '책 내기'를 세웠는데,
작년 말에 돌이켜보니 이루지 못하고
계획으로만 남아있더라고요. 이렇게
또 '책 내기'가 다음 해로 넘어갈 것
같아서 이러면 안 되겠다 싶었어요.
그런데 우연히 인스타그램에서 본 책
만들기 수업이 생각나서 그 자리에서
바로 신청했죠. 원래 독립서점의
존재는 알고 있었는데, 이런 수업이
있다는 걸 알고 참여하면서 책을

내게 되었어요.

블로그에 글을 쓰기 시작하신 이유는 무엇인가요?

처음에는 블로그가 아니라
싸이월드였어요. 제가 싸이월드에
글을 많이 썼는데, 사진 찍는 친구가
블로그를 만들어 줄 테니 쓰고
싶은 글을 맘껏 쓰라고 제안했어요.
그리고 그렇게 모인 글이 책이
되었으면 좋겠다고 하면서 블로그
디자인까지 해줬어요. 블로그
초기에는 싸이월드에 썼던 글을
조금씩 옮겨오다가 점점 그때마다
생각나는 글을 쓰기 시작한 거죠.

출판 이후 가장 기억에 남는 에피소드를 고르신다면 어떤 게 있으신가요?

하나만 꼽기에는 생각나는
에피소드가 정말 많은데요, 제가
샌프란시스코 여행을 5월에
다녀왔어요. 마지막 날에 한국
오는 비행기에 올라 핸드폰을 끄기
직전에 인스타그램으로 메시지가
왔더라고요. 한국에서 제 책을 산
독자분이 샌프란시스코로 여행을
왔는데 제 인스타그램을 보고 저도

샌프란시스코 여행 중인 걸 알고
메시지를 보내셨더라고요. 그분이
책을 읽고 많은 위로가 되었다며
자기도 지금 샌프란시스코에 있는데
어느 순간에는 우리가 스쳤을
수도 있을 거라는 내용이었어요.
그 메시지를 읽고 한국으로 오는
내내 기뻤어요. 내가 누군가에게
힘이 되었고, 그 사람이 나와 같은
곳에 있었을 거라는 생각을 하니
행복하더라고요. 해외여행을 갈 때는
짐이 될 수 있으니 책을 챙기시는
분이 많지 않을 텐데, 제 책과 함께
여행하셨다니 정말 감사했어요.

SNS에 꾸준히 책 리뷰를 올리시는데, 어떤 책을 주로 읽으시나요?

지금 인스타그램에 올리는 내용은
기존에 블로그에 썼던 글을 옮기고
있어요. 책은 주로 소설이나
에세이, 시를 읽어요. 인문학이나
자서전은 잘 안 읽는 편이에요. 가끔
읽기도 하지만, 그런 책들은 읽고
좋은 내용을 되새기면서 변화가
있어야 보람도 있을 텐데 그러기가
힘들더라고요.

최근 인스타그램에 책을 직접 판매한

**사진을 올리셨어요. 그렇게 직접
책을 팔아본 경험은 어떠셨나요?**
제가 휴가로 지방에 있는 책방을
다녀왔어요. 춘천에 있는 독립서점
사장님이랑 책 이야기를 하다가
내일로를 떠나신다고 해서 저도
이번 휴가에 기차를 타고 여행할
계획이라고 말씀드렸어요. 서점
사장님이 이번에 책을 파신다고
하더라고요. 저도 너무 해보고
싶다고 해서 함께 책을 팔게 됐어요.
대전에 있는 독립서점 사장님의
허락을 받아 책방 앞에서 판매할

수 있었어요. 그렇게 1시간 정도
독립서적을 팔아봤어요. 준비한
독립서적을 제가 다 읽어보지는
않아서 소개하는 일이 어렵긴 했지만,
저에게는 정말 행복한 시간이었어요.

**이제는 책 내용에 대해 이야기
나눠볼게요. <미련을 없애는 두 가지
방법>으로 '갖거나, 버리거나'라고
하셨는데요. 작가님은 이 두 가지 중
어떤 쪽이신가요?**
대상에 따라 다른 편이에요. 미련을
갖는다는 건 그 사람을 갖는 것이고,

미련을 버린다는 건 그 사람을
버리는 거라고 생각하거든요.

**〈있긴 있나 보네〉에서 '나이가
들수록 만남에 대한 기대가
줄어들기 마련이다'라고 말하면서
최근에 설렘을 마주한 친구 이야기를
쓰셨어요. 그리고 '아직도 이런
설렘이 있구나.'라고 하셨는데,
작가님이 지금까지 겪었던
연애 중에서 '잊지 못할 설렘'은
어떤 건가요?**
최근에 했던 연애가 너무 힘들다
보니, 소개팅에 나가서 누군가에게
내가 어떤 사람인지 말하는 게
어렵더라고요. 그래서 소개도 잘
받지 않았는데, 지인이 저랑 얘기가
잘 통할 것 같아서 보여주고 싶은
사람이 있다고 하더라고요. 그
정도로 말할 정도면 대체 어떤
사람인지 궁금해서 결국 만나게
되었어요.
그런데 만나고 보니 상대분이
글쓰기랑 책을 좋아하는 낭만적인
사람이더라고요. 오랜만에 취향이
맞는 분을 만나 매력을 느꼈어요.
문득 내가 이 사람과 만난다면,
책에 쓴 내용처럼 '내가 중요해 일이

중요해?'가 아니라 '당신한테 중요한
일이면 나한테도 중요한 일이야'라고
말해주는 사람일 거라고 생각했어요.
그런데 그분은 만나는 사람이 있어서
가벼운 설렘만 느끼고 마무리가
되었죠. 이전에 만났던 사람들은
설   던 기억보다 좋았던 기억이 더
남아있어서 질문을 듣고 설   던
기억을 떠올려보니 가장 먼저 생각이
났네요.

**〈연인끼리 안 싸우는 팁〉에서
오래 연애를 한 친구분이 '각자의
시간을 온전히 이해해주면 싸우는
일 없이 즐겁게 사귈 수 있다'는
말을 해주셨다고 하던데, 작가님이
생각하는 팁이 있다면 무엇이
있을까요?**
제가 그런 팁을 알았다면 지금
혼자가 아닐 텐데 말이죠(웃음).
그런데 제가 생각하는 행복하게
연애하는 법은 서로의 다름을
인정해주는 거라 생각해요. 서로에게
얽매여있는 것보다 각자의 다른
모습을 받아들이고 존중해 주는
거죠. 책에 썼던 오래된 커플 같은
경우는 처음 만날 때부터 각자의
시간을 방해하지 않고 서로를

존중하는 성격이 맞아서 오래 만날
수 있던 것 같아요.

**〈취미〉에서 '취미는 의도하지
않았지만 외롭지 않기 위한 스스로의
방어책이다'라고 표현하셨어요.
그러면서도 '무방비 상태에 놓이는
퇴근길은 하루 중 가장 외롭다'고
하셨는데, 20~30분밖에 되지 않는
그 시간을 유난히 외롭게 느끼시는
이유가 있나요?**

제가 주로 하는 취미가 독서, 헬스,
마라톤 등이 있는데, 다 혼자 하는
취미예요. 그렇다고 그런 취미를
즐기면서 외롭지는 않거든요. 그런데
퇴근길 만원 버스에서는 책도
못 읽고 딱히 할 수 있는 게 없다
보니 그 시간에 많은 생각을 하게
되더라고요. 그렇게 혼자 이런저런
생각에 빠지다 보면 외로움을
느끼고는 해요. 그 외로움을 채워줄
누군가를 자꾸 찾게 되기도 하고요.

**〈정리〉에서 '사람이 만나고
헤어짐에도 정리가 필요하다'라고
하셨는데, 이별할 때는 어떻게
정리하는 게 좋을까요?**

계절에 맞지 않은 옷이 걸려있는
길 보고 떠오른 생각이었어요.
보통 계절이 하나 지나가고 더
이상 입지 않는 옷은 비닐에 씌워서
넣어두잖아요. 저는 문득 그 모습이
옷을 무시하는 것 같다는 생각이
들었어요. 집에는 버리기 아깝지만,
추억을 간직하고 있는 물건들이
많이 있어요. 그런 물건을 보면
자꾸 거기에 담긴 추억이 떠오르게
되잖아요. 그래서 새로운 만남을
시작하기 전에도 이별에 대한 정리가
필요하다고 생각을 했어요. 아직
잊지 못한 상태로 새로운 사람을
만날 수는 없으니까요. 계절이 지난
옷이 아직 걸려있으면 자꾸 그 계절이
생각나는 것처럼.

**〈서두를 필요 없다〉에서 얽매일
필요도, 서두를 필요도 없이 차분히
운명을 맞이하면 된다고 하셨어요.
작가님은 운명을 기다리면 언젠가
나타날 거라고 생각하시나요?**

그 부분을 썼을 때가 '아무리
노력해도 되지 않는 것이 있구나'라는
걸 느꼈을 때였어요. 영화 〈어바웃
타임〉에서 주인공이 운명의 상대와
같은 공간에 있지만 마주치지
못해 계속 시간을 조금씩 앞으로

되돌아가는 장면이 있어요. 그 장면을 보고 든 생각이, 신이라는 존재는 나와 운명의 상대를 같은 공간에 놓아주기만 할 뿐이고 뒤돌아서 그 사람을 봐야 하는 것은 내 몫이겠구나, 하는 생각이 들더라고요. 운명적인 순간이 온다면 그 상대를 알아볼 수 있지 않을까 싶어요.

<어디가 좋아?>라고 자주 물으면 불안해진다고 하셨는데, 작가님은 이 질문에 어떻게 대답하시나요?
사람마다 달랐던 것 같아요. 다 좋다고 말한 날도 있었고, 세세하게 어떤 게 좋았는지 말한 날도 있었어요. 그 상황과 분위기에 영향을 많이 받는 것 같아요. 그 글을 쓴 이유가 '어디가 좋아?'라고 자주 물어본 시기가 지난 뒤 헤어지게 되었거든요. 그 이후로 상대방이 비슷한 질문을 하면 불안해지면서 트라우마가 된 것 같아요.

『너이기도 했다가 너일 때도 있었다』에서 가장 맘에 드는 내용을 소개해주신다면요?
마지막에 쓴 <너라서 좋아>가 가장

맘에 들어요. 처음에는 그 내용으로 소설을 쓰려고 했었거든요. 제 이야기도 있고 제가 평소에 생각한 느낌도 담겨있는데, 꼭 소설이 아니더라도 담백하게 써 내려가면 좋을 것 같더라고요. 제가 생각하는 그때의 감정들이 잘 드러나 있어서 제일 좋아하는 부분이에요.

처음으로 자신의 책을 눈으로 본 기분이 어떠셨나요?
인쇄소에서 가제본 한 권을 받고 나오는 길에 읽었는데, 기분이 너무 좋아서 계속 웃게 되더라고요. 충무로 길거리에서 앞도 안 보고 책만 보면서 걸어가니까 사람들이 쳐다봤어요. 그런 시선이 신경 쓰이지 않을 만큼, 저는 아쉬움 하나 없이 제 책이 나왔다는 게 정말 좋았거든요.

『너이기도 했다가 너일 때도 있었다』를 통해서 어떤 메시지를 전하고 싶으신가요?
전하고 싶은 메시지를 따로 생각해 본 적은 없는데, 누군가가 읽어보고 고개 끄덕일 수 있었으면 좋겠어요. 사람은 사람으로 위로받아야 한다고 생각하지만, 그러기 쉽지 않아서 글로나마 위로해 드리고 싶었어요.
제 책을 보면 '힘내'라는 말은 없지만,
저의 사소한 일상을 담아낸 글을
통해 누군가에게는 공감할 만한
이야기가 될 수 있을 것 같더라고요.
블로그에 약 1,000개의 글을
썼는데, 500개가 넘어갈 때쯤부터
굉장히 힘들었어요. 501번째 글을
쓰려는데 200번에 비슷한 내용이
있는 거예요. 진도가 안 나가서
힘들었는데, '내 생각이 계속
이렇게 반복되는구나'라는 생각에
신기하기도 하더라고요. 제가 그랬던
것처럼 내 안의 잠겨있던 생각을
하나씩 글로 쓰다 보면 500개의
글 중 분명히 나와 같은 생각을 한
사람이 있을 것 같았어요. 그러면서
그 사람에게 위로를 줄 수 있다고
생각했죠. 글로 표현해보지 않아서
그렇지, 누구나 비슷한 생각을 해
봤을 거라 생각하거든요. 그래서
제 책으로 인해 사소한 위로를
받고, 어렵지 않은 내용을 읽으면서
'나도 한 번 써볼까'라는 생각을 해
보셨으면 좋겠어요.

**마지막으로 독자들에게
한마디 해주신다면요?**

누군가에게 온전한 '너'가 되기를
바랍니다.

『너이기도 했다가 너일 때도 있었다』 본문 중
〈중고 책〉이란 글에, "감명 깊은 부분을 접으려고
보니 다른 사람이 이미 접어두었다"는 구절이 있다.
이 말처럼 '내가 느낀 것에 많은 사람이 공감할 수
있는'책이 좋은 책이라는 생각이 들었다.
이 책에 공감이 가는 부분에 밑줄을 그으라고 한다면
거의 모든 문장에 표시해야 할지도 모를 정도로.

박상범 작가는 생각을 정리해서
시처럼 담아내는 재능이 있다.
어느 때는 에세이로서, 또 어느 때는 시로서 다가온다.
누구나 공감할 법한 나의, 혹은 '너'의 이야기를 담아낸
이야기를 한번 펼쳐보는 건 어떨까.

박상범 @bestpsb2

인스타그램 @bestpsb2
블로그 blog.naver.com/nasca87

· 2017년 『너이기도 했다가 너일 때도 있었다』 독립출판
· 2018년 『그런 의미에서』 독립출판
· 2019년 4월 디자인이음 출판사 버전 『너이기도 했다가 너일 때도 있었다』 발간
· 2019년 4월 책방 '그런 의미에서書' 오픈
· 2019년 『마음을 이야기할 때의 마음』 독립출판

View All

여행이란
나를 찾아가는 과정

손정은

『눈에 담은 향기』, 『Bliss Out_ 더없는 행복을 맛보다』

여행만큼 사람을 매혹하는 일이 없다.
그중에서도 사랑하는 사람과 떠나는
여행에서 느끼는 감동은, 이루 다 말할 수 없을 정도로
그 어떤 여행보다 크게 다가온다.

손정은 작가의 책을 읽다 보면,
사랑하는 사람과 함께 여행을 떠나고 싶은 기분이 된다.

발길 닿는 대로 걷다 마주한 아름다운 풍경.
그 예쁜 광경을 눈에 담으면,
머리로는 행복한 생각을.
가슴으로는 아름다운 감정을.
이러한 과정을 거쳐 손정은 작가의 손끝에 간직하고 싶은 문체가
맺히는 게 아닐까.

**독립서점 입고 외에도 오프라인
활동을 병행하시던데, 출판 후에
인터뷰해보신 적 있나요?**
처음이에요. 출판한 지 그렇게
오래된 것도 아니고, 홍보를
적극적으로 하는 사람도 아니어서
처음에 인터뷰 요청이 왔을 때 '왜
나일까?'궁금하기도 했어요. 별로
특별한 게 없는 평범한 사람이라
어떤 이야기를 들려줄 수 있을지
걱정도 됐고요.

**독자를 위해
본인 소개부터 부탁드립니다.**
회사에서의 제 모습과 구호
주인'으로서의 제 모습이 너무 다른
모순덩어리예요. 이것도 나고 저것도
나인데, 저도 제가 어떤 사람인지
헷갈릴 때가 많아요. 1004호
주인으로 이 자리에 나왔으니 거기에
초점을 두고 얘기한다면, 사소한 거에
감동도 잘하고 감성적인 사람이라 그
감정을 꼭 풀어내야 하는 사람이에요.
어떤 방법으로든. 그중에 하나가
이렇게 책을 만드는 것, 그리고
글씨를 쓰는 것, 혼자 여행을 떠나는
것, 사진을 찍는 것, 소꿉놀이하듯
이것저것 만드는 것들… 그리고 보니

1004호에서 이루어지고 있는 모든
것들이네요.

**인스타그램에 작가님이
캘리그라피로 만든 스탠드를
봤었는데요, 이것저것 만드는 걸
좋아하신다고 하셨는데,
혹시 전공이 어떻게 되시나요?**
전공이 시각디자인이다 보니
컴퓨터로 작업하는 게 많았어요.
그래서 수작업에 대한 갈증이
늘 있었고, 이를 해소하기 위해
캘리그라피 공부도 시작했던 것
같아요. 캘리그라피 스탠드는
플리마켓에 나갈 때 제 책을
구매해 주시는 분들께 뭐라도
하나 더 챙겨드리고 싶은 마음으로
준비했어요. 발품 팔아 직접
목공소를 돌아다니며 하나하나
수작업으로 만들었어요. 책 제목이
『눈에 담은 향기』니까 스탠드에는
<밤의 향기>라고 이름을 붙였어요.
종이에 화이트 펄이 들어간 물감으로
'꽃이 없어 이것으로 대신합니다'라는
문구를 적었는데, 낮에는 글씨가
잘 안 보이지만, 밤에 불을 켜면
그 문구가 보여요. 받으신 분들이
좋아하시는 모습을 보고 뿌듯했어요.

아직도 그때 목공소에서 제작한 나무토막들이 많이 남아 있는데 이젠 그걸로 뭘 만들어야 할지 고민 중이에요.

『눈에 담은 향기』는 어떤 책인가요?
엄마와 처음으로 단둘이 떠난 터키 여행을 담은 사진 에세이에요. 여행하다 보면 놓치면 안 될 것만 같은 풍경들이 있어요. 간직하고 싶은 풍경들이요. 그럴 때마다 잽싸게 찍은 사진들이에요. 터키의 다양한 풍경을 실었어요. 자연의 경이로움과 제 개인적 심상을 담아서요.

어머니와의 첫 여행을 간직하기 위해 책을 내셨는데, 추억을 간직하는 방법은 여러 가지가 있잖아요. 그중에서 책을 선택한 이유가 있으신가요?
제가 벌써 편집디자이너 10년 차다 보니, 잘할 수 있는 일 하나를 고르자면 책을 만드는 일뿐이었어요. 물론 여행할 때만 해도 책을 만들어야겠다는 생각을 하진 않았어요. 대부분 독립출판을 처음 시작하시는 분들의 공통적인

이유이기도 할 텐데, 하루하루 견디며 살아가고 있을 때 현실도피로 택한 수단이었어요. 회사에 속한 '손 대리'라는 사람은 있는데, '손정은'이라는 개인이 없었던 거죠. 현재의 일을 하면서 내가 좋아하는 것들의 균형을 맞춰가야겠다는 생각에 '나'라는 사람에 대해서 고민을 많이 하게 됐어요. 지나가는 많은 날 속에 지금 이 시기의 나라는 사람이 무엇을 생각하고 간직하며 살아가는지를 기록해보기로 했어요. 그 기록을 가장 소중한 사람을 위한 책으로 시작하고 싶었어요. 그래서 엄마와의 여행 이야기를 담게 된 거죠.

그중에서도 독립출판을 통해 책을 발간한 이유는 무엇인가요?
아무런 제약 없이 하나부터 열까지 다 내 맘대로 하고 싶었어요. 제가 낸 책 표지를 보면 색깔이 없는 종이 그대로의 하얀 배경인데, 이게 제가 너무 하고 싶었던 디자인이에요. 제 '한'을 푼 거죠. 왜냐하면, 회사에서 디자인 컨펌을 받을 때 하얀 여백은 디자인이 아니라고 생각해요. 디자인되지 않은, 종이가 아까운 빈

영역으로 취급받는 경우가 많거든요.
그리고 매대에서 무조건 튀어
보여야 해서 색이 늘 들어가야만
했어요. 그런데 제 책을 만들 EO는
그동안 하지 못했던, 내가 좋아하는
심플하고 깔끔한 디자인을 마음껏
했죠. 디자인 외에도 기획, 마케팅,
배송 등 모든 과정을 스스로 하는 게
힘들면서도 재밌었어요.

**편집 디자인을 하시면서
독립출판에 대해 알고 계셨나요?**
네. 주변에 독립출판사를 차린
직장동료도 있었거든요. 언젠가
나도 해보고 싶다는 생각을 늘 하고
있었어요.

**작업하면서 힘드셨던 점은
없으셨나요?**
아무래도 시간적인 여유가 없는 게
가장 힘들었어요. 야근이 많아서
새벽에서야 제 책에 대한 작업을
시작하다 보니 잠이 부족한 게 가장
힘들었죠. 그래도 회사에서 일하는
낮보다 새벽에 하는 그 작업이
오히려 덜 힘들었던 것 같아요. 진짜
내가 하고 싶어서 하는 일과 시켜서
하는 일의 차이가 그런 것 같아요.

아직은 돈이 되는 일은 아닌 것
같지만, 독립출판을 계속하고 싶어서
회사에서 돈을 더 벌고 싶어요.
회사에 다녀야 하는 이유가 명확해진
거죠. 표지에 후가공을 넣을 정도로
제 책에 투자하려면 회사를 아직은
그만둘 수 없어요.

**소개 글에서 '간직하고 싶은
순간들이 기억에서 사라지는 경우가
많아 사진으로 가둬놓은 뒤 향기를
나누고 싶다'고 하셨어요. 사진은
시각을 통해 느낌을 공유하는
매체인데, '향기'라는 단어를 써서
감정을 나누고 싶다고 표현한 이유가
있으신가요?**
저는 후각이 예민한 사람이에요.
그래서 여행을 하면서도 냄새에 대한
기억이 가장 많이 남아요. 사람에
관해서도 그렇고요. 아름다운 풍경을
보아도 그 공간에 있는 향에 더
민감해요. 풍경을 눈으로 보았지만,
사진에서 그 당시에 내가 느꼈던
향기를 표현하고 싶었어요. 독자분들
중에 책에서 향기가 나는 줄 알고
냄새를 맡아보시는 분들이 있어요.
향수를 뿌려둘 걸 그랬나 봐요.

작가님이 가장 좋아하는 향이 '엄마가
베고 잔 베개의 향'이라고 하셨는데,
이게 어떤 향기인지 자세히 들려주실
수 있나요?
제가 좋아하는 여러 가지 향기 중
대부분은 어떻게든 다시 구현할
수 있어요. 그런데 엄마가 베고 잔
베개에 남은 향은 언젠가 엄마를
기억해야만 하는 날이 왔을 때
다시는 맡아볼 수 없는 냄새, 기억
속에만 남아 있을 향이잖아요.
그래서 맡을 때마다 뭉클하고 애틋한
향인 것 같아요. 소중하게 간직하고
싶은 향기에요.

**평소에도 여행을 좋아하시나요?
여행을 떠나면 주로 어느 지역으로
가시나요?**
시간적 여유가 생기면 어디든 바로
여행을 가요. 어수선한 도심보다는
생각을 정리할 수 있는 고요하고
한적한 시골 마을에 가서 발길 닿는
대로 걷는 걸 좋아해요. 삶은 매번
선택의 연속인데, 여행에서만큼은
선택의 기로에 놓이는 일을 줄이고
싶은 거죠. 그리고 바다보다는
숲을 더 좋아해요. 20대까지만 해도
바다를 좋아했는데, 어느 순간부터
바다를 보면 너무 외롭더라고요.
바다는 나 혼자 내 버려진 듯한

느낌이 드는데, 숲은 나무들이
빼곡하게 나를 감싸주는 느낌이
들어요. 주로 혼자 여행하다 보니
그렇게 느꼈을 수도 있어서. 만약
누군가와 함께라면 바다도 괜찮을
것 같아요. 예상하지 못한 순간을
경험하는 걸 좋아해서 여행 계획은 잘
짜지 않는 편이고요.

**여행 전부터 터키를 1등
신혼여행지로 꼽으셨는데,
신혼여행이 아니라 어머니와의
여행지로 택한 이유가 있으신가요?**
저희 집안이 천주교인데, 여행을 갈
때쯤 저도 엄마도 힘든 시기여서 여행
겸 기도의 시간이 필요했어요. 우연히
TV에서 열기구 타는 장면을 봤는데
너무 멋지더라고요. 언제 갈지도
모르는 신혼여행을 마냥 기다릴 순
없었어요. 터키에서 엄마랑 열기구에
올라 해 뜨는 걸 바라보면서 이런
말을 했어요. "지금 여기서 누군가
나에게 프러포즈를 한다면 그게
누구여도 받아줄 것 같아." 그만큼
황홀하고 아름다웠던 거죠. 그랬더니
엄마가 "엄마도."라고 말했어요.

터키 여행을 다녀오신 후에 여전히

**신혼여행으로 다시 가보고 싶다는
생각이 드시나요?**
아니요. 터키로 신혼여행을 온
커플들이 싸우는 걸 자주 봤어요.
터키는 야간버스로 이동 해야만
하는 구간이 있는데 이동시간이
10시간 이상이라 둘 다 예민해질
수밖에 없는 상황인 거죠. 그래서 책
내용에도 보면 '하지만 엄마랑 오길
정말 잘했다'라는 내용이 있어요.
지금은 신혼여행을 간다면 좀 더
로맨틱한 장소로 가고 싶어요.

**여행을 마음 맞는 사람과 가더라도
사소한 다툼이 있을 수 있는데요.
터키 여행에서 어머니와 다투지는
않으셨나요?**
엄마도 저도 서로 배려를 많이 해서
다투진 않았어요. 다퉜다기보단
아쉽고 속상한 순간은 있었어요.
저는 여행을 하면서 돈을 아끼는
성격이 아니거든요. 여기까지 왔으면
하고 싶은 건 다 해야 한다는 주의죠.
그런데 엄마는 여행 자체가 익숙하지
않으셨고 제가 돈 쓰는 걸 별로 안
좋아하셨어요. '안 사도 괜찮아,
이런 거 안 해도 괜찮아'하고 자꾸
거절하시니까 속상하더라고요. 난

이것저것 해드리고 싶었는데, 그럴 때마다 제가 조금 짜증을 내긴 했어요.

많은 작가님이 가장 궁금해하는 게 '여행 작가는 어떤 카메라를 쓸까?'입니다. 작가님은 어떤 카메라를 사용하셨나요?

『눈에 담은 향기』에 실린 사진들은 '파나소닉 루믹스 DMC-LX7'으로 찍은 사진들이에요. 사진을 찍는 방법과 카메라에 대한 지식이 해박한 게 아니라 몸 가볍게 가는 게 최고라 생각해서 가벼운 똑딱이 카메라 중에 성능이 좋은 걸 택했어요. 지금은 점점 욕심이 생겨서 좋은 카메라도 사고 사진 공부도 더 하고 싶어요. 사진 찍을 때는 구도를 많이 생각하고 찍는 편이에요. '책에 이렇게 트리밍(*편집자 주 : Trimming. 사진에서 화면의 불필요한 부분을 제거하여 구도를 조정하는 일)해서 담으면 되겠다'라는 생각이 먼저 들어요. 직업병이죠.

어른의 기준을 막연하게 '서른 살'로 정해놓으셨는데, 서른이 되기 전에

작가께서 그렸던 서른 살의 모습과 서른 살이 넘은 지금의 모습이 어떻게 달라졌는지 궁금합니다.

서른이 되기 전에 결혼해야 한다는 사회적인 통념 때문에 서른을 어른의 기준으로 삼았던 것 같아요. 물론 지금은 그렇게 생각하지 않고요. 서른이 되기 전의 제 모습과 지금의 제 모습을 비교한다면 정말 달라요. 20대 때는 남들 기준에 저를 맞췄어요. 남들이 보기에 반듯한 직장에 다니면 좋은 것이고, 남들 보기에 좋으면 좋다고 생각했어요. 그렇다 보니까 자신을 갉아먹고 있더라고요. 그게 진정한 행복이 아니란 걸 깨닫게 돼서 지금은 남들이 어떻게 생각하든 신경 안 써요. 흘러가는 사람들에게 제 흐름을 맡기고 싶진 않아요. 그러면서 취향이 뚜렷해진 것 같아요. 내가 뭘 좋아하고 뭘 싫어하는지에 대한. 서른 이후로 계속 내가 좋아하는 것들을 더 잘하기 위한 자기계발에 시간을 많이 할애하고 있어요. 캘리그라피라던지, 운동, 음악 등에요. '대충', '적당히'가 아니라 부지런히 노력하다 보면 마흔 살엔 직장을 나와 있을 것 같아요. 지금

하는 여러 가지 것들이 그때쯤엔
한 점으로 정리가 되어 무언가 일을
벌이지 않을까 싶어요. 그게 제
목표기도 해요.

**오프라인으로 활동을 많이 하시면서
다양한 독자들을 만나보셨을
것 같아요. 기억에 남는 독자나
에피소드를 들려주신다면요?**
플리마켓에 나가면 에너지를 많이
받는 편이에요. 평소에 받을 수
없는 질문들을 받고, 나눌 수 없는
이야기를 나누는 자리가 되거든요.
책 내용 중에 '어렸을 때부터 내가
정해놓은 막연한 기준의 어른은 서른
살이었다. 오지 않을 것 같던 나이를
이미 훌쩍 지나 어른이 되었지만,
아직도 내가 온전히 쉴 수 있는
곳은 자연과 엄마의 품뿐이다'라는
글귀를 읽고 "지금 아가씨 마음과 쉰
살쯤 되었을 때 아가씨 마음이 크게
다르진 않을 거예요."라고 말씀해
주신 아저씨가 기억에 남아요. 또,
제 책을 보시다가 사진과 글에
감동하셨는지 눈물 고인 채 저를
빤히 바라보며 너무 아름답다는
표현을 해주시던 독자분도
있었어요. 그 순간의 교감에 저도

울컥하더라고요. 제가 만든 책이
누군가에겐 기억되고, 누군가에겐
그냥 흘러가듯 잊혔을 테지만
잠시나마 미소 짓고 위로받는 모습을
보는 것만으로도 충분한 의미가
돼요.

**사진 촬영 외에도 캘리그라피를
하시더라고요. 저도 책을 구매할
때, 캘리그라피 책갈피를 함께
받았는데요. 캘리그라피가 단순히
글씨가 아니라 글씨를 디자인하는
작업으로 알고 있습니다. 캘리그라피
작업을 하실 때 어디서 영감을
받으시는지 궁금합니다.**
4년 넘게 꾸준히 배우고 있어요.
앞으로도 계속 배워나갈 생각이고요.
알면 알수록 어렵고 정말 공부할 게
많은 분야더라고요. 주로 음악을
들으면서 작업하는데, 서체의
분위기는 음악에서 영감을 많이 받는
편이에요. 형태적인 면은 사물에서
영감을 받아요. 사물의 특성을
글씨체에 담을 수 있거든요.

**구상 혹은 작업 중인
다음 작품이 있으신가요?**
이렇게 다음 작업에 대한 질문을

받으면 더더욱 무언가를 해야겠구나,
하는 생각이 들어요. 현재 제가
할 수 있는 최선을 다하며 개인
작업을 늘려갈 생각이에요. 다음
책은 얼마 전에 다녀온 교토에
관한 이야기예요. 낡았지만 정갈한
아날로그 감성이 곳곳에 물들어 있는
매력적인 도시였어요. 『눈에 담은
향기』 다음으로 쓴 책이 『Bliss Out
더없는 행복을 맛보다』라는 책인데
파리에서 우연히 마주친 프러포즈
장면을 시간순으로 담은 책이에요.
그 책은 사랑하는 사람에게 선물하면
좋겠다는 생각으로 만들었어요.
교토를 담은 다음 책도 어떤 주제가
될지는 모르겠지만 누군가에게
선물이 될 수 있는 책이 되었으면
해요.

직접 만든 독립출판물을 처음 보고 어떤 생각이 드셨나요?

부끄럽기도 하고 아쉬웠어요.
처음에 책을 받았을 때, 인쇄 색감이
생각했던 거랑 너무 다르게 나와서
전량 폐기할까도 생각했어요.
그런데 색감이 터키스러워서 좋다고
말해주시는 분들도 있었고, 인쇄
수량이 적은 게 아니어서 폐기하진

않았어요. 하지만 다음 책 『Bliss
Out 더없는 행복을 맛보다』는
결국 색감 문제로 전량 폐기하고
다시 인쇄했어요. 디자이너다 보니
색감이나 인쇄 품질 부분에 굉장히
민감한 편이에요. 시간적 여유가 많지
않다 보니 결과물은 늘 아쉬워요.

독자들에게 하고 싶은 말이 있으시다면요?

현재를 살아가는 힘을 주는 것들이
나이에 따라 달라지는 것 같아요.
현재의 저는 그게 책이에요. 우리의
삶은 늘 변하지만, 변하지 않는
것들이 있어요. 각박한 세상일지라도
그사이에 꼭 있어야만 하는 것들이
있고요. 그런 것들에 대한 이야기를
다양한 창작 활동에서 표현해
나갈 계획이에요. 부족한 제 책이
독자분들께 조금이나마 위로와
쉼이 될 수 있었으면 좋겠어요. 모두
힘내세요!

66

남는 건 사진뿐이라며 여행 내내
카메라의 뷰파인더만 바라보는 사람들이 있다.
물론 사진으로 여행을 추억할 수 있다.
하지만 때로는 렌즈가 아닌 눈으로, 피부로,
나의 오감으로 현재를 느껴보는 것은 어떨까.
그 순간을 만끽하며 지금 맞이한 실제에
물들어 보는 것이 곧 삶이다.
아름다운 순간을 향기로 담아 간직하는 손정은
작가에게서 아름다움을 꼭 카메라로, 사진으로만
기억해야 하는 것은 아니라는 것을 배웠다.
느낌.
그 순간에 간직하고 싶은 느낌을 기억하면 된다.
그것이 어떤 방법이든지.
향기를 기억하는 방법을 배울 수 있던 이야기였다.

99

Follow

손정은

· 2016년 『눈에 담은 향기』 발간
· 2016년 『Bliss Out_ 더없는 행복을 맛보다』 발간

View All

작가가 말하고자 하는 바를
분명히 보여주는 만화

수경

『나의 방』

글은 펜을 쥐거나 타자만 칠 수 있다면 누구나 쓸 수 있다.
그림은 도구를 잡는 것에서 나아가 전문적인 기술이
어느 정도는 필수적이다.
자기 생각을 표현한다는 점에서는 같지만,
입문하는 허들은 이런 점에서
글과 그림에 차이가 있다고 생각한다.

나 역시 손재주도 없고, 따로 배워본 적도 없기에
항상 그림 그리는 사람들 마치 마술사처럼 생각하고 동경의 눈으로
바라봤다.
수경 작가와 그 작품을 만나 마술사의 비밀을
파헤치듯, 만화의 세계를 탐방해보며
동심으로 돌아갈 수 있었다.

작가님과 책 소개 부탁드립니다.

만화 애니메이션 전공 중인 대학생입니다. 현재 2학년까지 마치고 휴학을 했고, 그림 그리는 걸 좋아하며 책과 영상을 만들고 있습니다. 『나의 방』은 헤어디자이너 지망생인 주인공 '은혜'가 지방에서 서울로 상경하면서 겪는 심적 고통과 마음대로 풀리지 않는 현실, 만족스럽지 않은 환경과 상황에 대한 좌절감 등을 비극적으로 그린 작품입니다.

만화의 매력은 무엇인가요?

어릴 때는 그저 글보다 만화가 쉬워서 좋아했는데, 만화를 본격적으로 배우기 시작하면서는 제가 상상했던 것들을 그대로 표현할 수 있어서 좋더라고요. 글은 읽는 사람마다 해석이 달라질 수 있지만, 만화는 말하는 바를 분명히 보여줄 수 있다고 생각해요.

『나의 방』은 대학교에서 첫 번째로 하셨던 과제 작품이던데, 이렇게 과제를 책으로 출판하게 된 계기가 있으신가요?

3~4개월 정도 걸려서 책을 만들었는데, 과제나 학교 전시회만 그치려니 아쉽더라고요. 평소에 독립출판 작가들의 동화책을 좋아하다 보니, 독립출판을 한번 해보고 싶다는 생각은 있었어요. 그러다 과제로 책을 완성하게 됐고, 그 기회에 출판까지 하게 된 거죠.

『나의 방』 작업 과정은 어떠셨는지 궁금합니다.

먼저 구상을 하고, 콘티를 짠 다음에 8절 사이즈 종이에 드로잉을 해요. 연필로 그린 것을 스캔하고 보정하는데 3개월 정도 걸렸어요. 50페이지 정도 분량을 그리는 데 2개월 걸렸고, 편집하는 데는 한 달 정도 걸렸죠.

작업 과정에 있어서 가장 신경 썼던 부분은 무엇이었나요?

재밌는 소재보다 슬픈 소재를 쓰는 게 더 쉬운데, 그렇다고 너무 신파로 흘러가게 쓰고 싶지는 않았어요. 주변에 있을 법한 이야기를 담고 싶어서 내용에 신경을 썼죠. 사실 모든 게 처음 하는 작업이라 모든 과정에서 신경이 쓰일 수밖에 없었어요.

**헤어디자이너 지망생인 주인공이 서울로 상경한 이야기라고 하셨는데. 저는
처음에 읽고 작가님의 실제 경험을 주인공 '은혜'에게 반영된 걸까 궁금했어요.
'은혜'라는 캐릭터는 어떻게 만들어진 건가요?**

시작은 제 이야기였어요. 저도 대전에서 서울로 상경을 했거든요. 그런데
스토리 구상을 하면서 주변 사람들의 이야기를 더하게 되었어요. 외관에
사로잡히지 않고 자신의 할 말은 하는 사람으로 설정해서 제가 하고 싶은
이야기를 대변하게 했어요. 주변에 한 명쯤은 있을 법한 평범한 캐릭터로
그리기도 했고요.

주인공 '은혜'와 작가님의 모습이 많이 닮았을 것 같은데.

실제로 어떤 성격이신가요?

은혜와 저는 참고 버티는 모습이 비슷한 것 같아요. 부당해도 참는 편이거든요.

작가님도 대전에서 서울로 올라오셨다고 했는데, 타지 생활이 어떠셨는지 궁금해요.

서울에서는 재밌는 것들이 가까이 있고, 전시회도 자주 갈 수 있어서 좋아요. 대전에 있을 때는 보고 싶은 전시회가 있어도 시간 내서 서울까지 올라가기가 어려웠거든요. 그리고 플리마켓도 참여하고, 다른 작가분들과 교류할 수 있어서 좋았어요. 그런데 저 하나 잘 곳 구하기가 너무 어려워서 스트레스를 많이 받았어요. 부동산 몇십 군데를 돌아다녔는데, 보증금이 말도 안 되게 비싸더라고요. 그렇게 고생해서 구한 곳도 좋은 집도 아니었거든요. 서울에서는 제집 찾는 게 너무 힘들었어요.

『나의 방』을 내면서 가장 뿌듯했을 때는 언제였나요?

친구들과 작업을 하면서 다양한 경험을 해서 좋았어요. 지금은 휴학하고 학원 강사로 일하는 중인데, 수강생 중 한 분이 SNS로 책을 사고 싶다는 연락이 왔어요. 저한테는 재고가 없어서 입고한 서점을 알려드렸더니, 직접 서점에 가서 사 오시고 인증샷까지 보내주셨어요. 딱 5권만 서점에 입고했었는데, 그 책에 많은 관심을 가져주셔서 감동이었어요.

책을 5권만 출판하신 건가요?

학교에서 지원받아 출판하게 됐는데, 학생이다 보니 돈이 없어서 지원금과 사비로 5권만 출판했어요.

최근에는 〈사랑을 쓰려거든, 연필로 그리세요〉라는 크라우드펀딩에 참여하셨던데, 어떤 프로젝트인지 소개해주실 수 있을까요?

건국대학교 인액터스 동아리 〈NEWANT〉에서 신진 예술가들이 자립할 수 있도록 지원해 주는 프로젝트 중 하나였는데요. 저희 프로젝트는 〈사랑을 쓰려거든, 연필로 그리세요〉라는 주제로 펀딩을 받아 굿즈를 제작했어요.

〈사랑을 쓰려거든, 연필로

그리세요〉에는 어떻게 참여하게 되셨나요?

같은 학과 친구의 추천으로 알게
됐어요. 처음에는 소개를 통해
미대생들의 생활과 취업과 진로에
대해서 인터뷰를 하게 되었어요.
이후에 포트폴리오를 보내 달라고
해서 보냈더니 자기들과 함께 하는
게 어떠냐고 요청을 받았어요.
저는 기회가 있다면 최대한 다양한
활동에 참여하려는 성격이라 흔쾌히
받아들였죠.

블로그를 보면 과제 외에도 참여했던 프로젝트나 전시 등 많은 활동을 소개해놓으셨더라고요.

네. 작품 활동만 하는 것이 아니라
다양하게 경험해 보고, 많은 사람과
소통하고 싶어요. 그런데 학교 다닐
때는 과제하기도 빠듯하더라고요.
그래도 과제가 과제로 그치지
않았으면 해서 과제도 다양하게
활용할 수 있도록 미리 준비하는
편이에요.

미대생들을 대상으로 한 인터뷰는 어떤 내용이었나요?

작품 활동으로 생계유지할 수

있는지에 대한 인터뷰였는데요, 저를 포함해서 친구들의 생활을 보면 작품 활동만으로는 한 달 치 생활비도 벌기 어려워요. 그래서 대부분이 작품 활동과 더불어 외주 작업을 맡아서 하죠.

**참여했던 활동 중 가장
기억에 남는 것은 무엇인가요?**
아무래도 최근에 참여한 크라우드펀딩 프로젝트가 가장 인상 깊었어요. 다른 활동은 저 혼자 준비했었거든요. 이번에는 팀원과 함께 작업할 수 있었던 새로운 경험이었고, 각자의 역할이 명확하게 구분되다 보니 집중할 수 있어서 좋았어요.

**『나의 방』 이후에
다음 작품 구상도 있으신가요?**
앞서 말씀드린 〈사랑을 쓰려거든, 연필로 그리세요〉 프로젝트에 참여한 이유 중 하나가, 이 프로젝트를 통해 돈을 모아서 다음 작품을 낼 계획이었어요. 동화책을 준비 중인데, 캐릭터는 선인장이에요. 선인장이 토마토 나라에 유학 가는 이야기인데요, 타지 생활에서의

겪는 즐거움과 어려움에 대해 그릴 예정이에요.

"

독립출판에는 자신의 솔직한 감성을
담아낸 에세이와 시집이 많다.
감성을 글로만 표현하기에는 부족한 것 같아,
그림과 사진의 힘을 더해 작가가
원하는 이야기를 그려내기도 한다.

수경 작가는 다양한 해석의 차이가 있는 글보다,
마이웨이로 자기가 가진 생각을 전달하기 위해
만화를 그린다.
그 올곧음과 당당함이 멋지면서도,
감성 또한 동시에 가진 사람이기도 하다.

이런 당찬 20대이기에 힘든 서울살이 속에서도
꿈을 좇아가고 있는 게 아닐까 하는
생각이 드는 하루였다.

"

수경 @sukyoung_illust

인스타그램 @sukyoung_illust

· 2016년 『나의 방』 발간
· 2018년 텀블벅 독립출판프로젝트 '낯선 곳에서 새로운 출발을 앞둔 사람들에게'제작

· 2019년 『토마토 나라에 온 선인장』 발간
· 2019년 단편 애니메이션 'MOM -The Worst Punishment-'감독

View All

『토마토 나라에 온 선인장』이 이번 여름에 정식으로 출판되고 나서 아직 이 작품을 한창 구상하고 있었던 2년 전의 인터뷰를 읽으니 감회가 무척 새롭습니다.
재출간을 통해 이런 소감을 느낄 수 있게 해주신 옥탑방책방과 뮤즈 관계자님들께 감사드립니다.
책이든 만화든 애니메이션이든 제가 말하고 싶은 이야기를 계속해서 작품으로 만들고 싶습니다. 지켜봐 주시고 응원해주세요! 감사합니다.

문장 뒤에 삶이 있고,
장면이 있는 문장

에리카팍

『_ㅠ옷_푠』

작가라는 직업이 가진 이미지라고 하면,
'내성적이고 조용한 사람'을 떠올리는 경우로 많을 것 같다.
글쓰기는 앉아서 사색에 잠겨있다가 영감이 떠오르면
적어 내려가는 정적인 일이기도 하니까.

그렇지만 작가는 여러분의 생각보다
끼가 넘치는 사람이다.
작가 안에는 많은 생각과 감정이 내재하고 있으니,
이를 '끼', 혹은 재능이라고 부를 수 있다.
번뜩이는 영감은 바로 이런 끼를 바탕으로 나타나고,
이를 글로 다듬어 꺼내는 것이 작가의 일인 것이다.

인터뷰에서 만나본 에리카팍 작가야말로
'재기발랄함'이 의인화된 듯한, 끼가 넘치는 사람이었다.

먼저 책 소개부터 부탁드려요.

『^_ㅠ 웃_픈』이라는 책은 제가
23살부터 적었던 글을 모아서 낸
책이에요. 『^_ㅠ 웃_픈』이 웃기고
슬픈 이야기냐고 물어보시는 분들이
많은데, 사실 좀 세속적인 이유가
숨어 있어요. 많은 사람이 보려면
제목이 특별해야 할 것 같았어요.
튀어야 하는 거죠. 제가 독립서점에서
책 만들기 워크숍을 통해서
출판하게 됐는데, 선생님도 기존에
생각했던 제목도 좋지만 좀 더 다른
제목을 생각해보라고 하셨어요.
그래서 제목이 이모티콘이면
좋겠다는 생각이 들었어요. '^_ㅠ'이
제가 회사생활 시작하면서 자주
쓰게 된 이모티콘이었거든요.
이모티콘을 제목으로 썼다는 점에
의미를 두었는데, 읽을 수도 있게
'웃_픈'이라는 음을 달아뒀어요.
웃기고 슬픈 이야기를 쓰려는 의도는
아니었지만, 읽다 보니 웃기고 슬픈
이야기들도 많이 있더라고요. 제가
대학생부터 취준생을 지나 직장인이
될 때까지 쓴 글이다 보니 웃기고
슬플 수밖에 없는 것 같아요.

책이 아니라 이번엔 자기소개도

부탁드립니다.

2017년에 28살 직장인을 살아내고
있는 박지윤이자 『^_ㅠ 웃_픈』을 쓴
에리카 입니다.

**글을 쓰기 시작한 이유는
무엇인가요?**

예전부터 카피라이터가 꿈이었어요.
광고인이 되고 싶다는 갈망이 늘
있었는데, 예상과는 다른 전공과
직업을 갖게 되다 보니 카피라이팅에
대한 욕구를 분출할 곳이 필요했던
것 같아요. 가장 글을 활발하게 썼던
곳은 싸이월드 게시판이었는데,
플랫폼이 세대교체가 되면서 지금은
인스타그램에 짧게 짧게 쓰게
되었어요. 쓰다 보니 카테고리가
대충 정해지더라고요. 제 이야기,
가족 이야기, 직장생활 등으로
범주화가 되었어요.

**『^_ㅠ 웃_픈』에 담긴 이야기는
평소의 생각을 기록으로
남기신 건가요?**

그렇죠. 평소 느낀 감정을 많은
사람이 SNS에 올리듯 쓴 것들이
많아요. 올렸던 글 중에서도 문장에
대한 반응이 좋았던 것들을 『^_ㅠ

웃_픈』에 담게 되었어요. 일부분은 카피라이팅 연습을 목적으로 썼던 것도 있고요.

『^_ㅠ 웃_픈』 작업 과정 중 어려운 점은 없으셨나요?
제작 자체는 생각보다 빨리 진행됐어요. 그리고 직장인으로 살면서 잊었던 제 아이덴티티를 찾아가는 느낌이라 회사 일보다 훨씬 더 재미있었어요. 그런데 유통 과정에서 어려운 일이 생기더라고요. 서점에서 직접 입고 문의를 주실 때도 있지만, 이런 경우는 드물죠. 제가 메일로 연락을 드리면 흔쾌히 반겨주는 서점 사장님들도 계시지만, 서점에 재고가 너무 많이 있다든지 아니면 서점 컨셉과 맞지 않는다는 이유로 완곡히 거절하는 서점도 있더라고요. 한 번은 이런 일이 있었어요. 제가 책 소개 메일을 드릴 때, '장르가 생각이 트이는 대로 집필한 글들이라 생트집이다. 기존 장르로는 시집에 가깝다'고 덧붙여 보내는데 '시집 같은 시집'은 받지 않는다고 거절을 당한 경우가 있었어요. 이 말을 듣고 소개 문구도 다시 정비하게 되었고, 제 책도

자기검열 해보게 되었어요. 또 하나 어려운 점이 있다면 제가 책을 쓰는 이유는 저의 자아를 채우기 위해 하는 일이기도 한데, 주변에서 '이거 하면 돈이 돼?'라는 수입과 관련한 질문을 하시면 좀 속상한 마음이 들어요.

주로 어떤 시간에 글을 쓰시는 편인가요?
스물다섯 때까지는 버스만 타도 떠오르는 생각이 많아 쓰고 싶은 글도 많았는데, 요즘엔 감정이 닫힌 느낌이 들어요. 입사 1, 2년 차 때만 해도 힘들면 힘든 대로 글을 썼어요. 특히 퇴근길 대중교통에서 하루를 정리하는 마음으로 글을 적고는 했는데, 지금은 아예 안 쓰게 되는 것 같아요. 몸이 점점 경제적으로 바뀌는 기분이에요. 일할 때 에너지를 많이 쓰게 되니까 일을 하지 않을 때는 에너지를 소비하지 않으려는 것 같아요. 회사생활을 하다 보면 쓰는 말만 쓰고 반복된 일상생활을 하면서 다양하게 생각할 수 있는 길이 닫히게 된 것 같아요. 요즘은 주로 잠들려고 할 때 떠오르는 생각을 메모해 놓는 편이에요. 새벽 감성에

글이 잘 써지잖아요.

인생에서 가장 '웃픈'때는
언제였나요?

웃픈 '기억'은 잘 떠오르지 않는데,
가장 웃픈 '존재'라면 저에게는 가족
같아요. 제일 행복하면서도 때로는
너무 슬픈 게 가족이잖아요. 제가
취업 준비를 하고 있을 때 집안이
어려워지면서 더 힘들었어요.
그래서 가족을 생각하면 힘이 나야
하는데, 오히려 힘이 더 빠지게
되더라고요. 이렇게 가족이라는
존재는 양면적이어서 때로는 짐이
되기도 하지만, 옆에서 가장 힘이
되기도 하잖아요. 가족 때문에 힘이
들다가도 가족 때문에 힘을 낼 수
있는 것처럼. 그래서 저한테 가장
'웃픈'존재는 가족이에요. 이런
생각에서 '가장 큰 짐이자 가장 큰
힘이고 그 짐을 이겨내는 힘'이라는
문구를 넣어 엽서를 만들었더니
가장이신 분들이 많이 좋아해
주시더라고요.

인스타그램에 어머니와 함께한
사진이 많이 있던데, 사진을 보면
어머니가 광장히 유쾌하신 분인 것

같아요.

저에게는 엄마가 '세젤웃(세상에서
제일 웃긴 사람)'이에요. 세젤웃
엄마 밑에서 자라다 보니 '엄마라는
존재는 응당 웃긴 사람이다'라고
생각했었어요. 그래서 위트 있는
글을 쓸 때도 엄마가 많은 도움이
됐던 것 같아요. 저희 엄마가
화법이 재밌어요. 엄마가 말도
많이 하시고 표현도 재밌게 하시는
편이거든요. 한번은 제가 월급
탄 기념으로 맛있는 걸 사드리고
싶어서 불고깃집을 갔더니, 불고기가
맛있는 이유에 대해 조목조목
이야기하시더라고요. 마치 무슨
라디오 광고처럼 말하는 모습이
너무 재밌어서 '엄마, 이거 녹음
들어가자'하고 녹음을 시작했어요.
엄마도 처음에는 부끄러워하셨는데
금방 적응하시고 라디오 광고처럼
녹음해 주신 적이 있었어요.

듣다 보니 저까지 웃음이
터지는데요, 어머니와의 다른
에피소드가 더 있으시다면요?

제가 독립해서 살다 보니 비타민을
많이 챙겨주세요. 그러면서 이
비타민이 왜 좋은지 설명을 해

주세요. 그냥 잤을 때와 이 비타민을
먹고 잤을 때가 어떻게 다른지
정말 재밌게 설명을 해서 그것도
제가 녹음을 했더니 마지막에
'○○약품'하고 광고처럼 말씀하시는
거예요. 그래서 저는 협찬받은 줄
알았어요.

**'이과는 엑셀같이 말하고, 문과는
워드같이 말하다가도 취준생이 되면
피티같이 말한다. 그러느라 말하듯
말하는 것을 잊은 것은 아닐까'라고
표현하셨는데, 작가님이 생각하는
'말하듯 말하는 것'은 무엇일까요?**
제가 취업 준비 중에 면접 스터디를
하면서 이 글을 쓰게 되었거든요.
'이렇게 똑 부러지게 말을 하는
사람들이 있구나'하고 놀랐어요.
보통 친구들이랑 대화할 때, 문장을
꼼꼼하게 신경 쓰면서 말하지는
않잖아요. 그런데 면접 화법에
익숙해지다 보니 원래 자기 말투를
잃어버리게 되고 신입사원일수록
그런 말투가 더 자연스럽게 나오는
것 같았어요. 사람이 말을 할 때마다
완벽하게 문장을 구사할 수는
없잖아요. 저는 말하지 않는 시간의
침묵도 대화고, 충분히 생각하고

천천히 자연스럽게 말하는 게 '말하듯
말하는 것'이라고 생각해요. 시에서
행간에도 의미가 있다고 하잖아요.
띄어 쓰는 두 줄이 오타가 아니라 다
의미가 있는 것처럼, 우리도 침묵이
있다고 해서 대화를 안 하는 건
아니니까요.

**입사 직후 신입 시절 기억에 남는
일이 있으신가요?**
신입사원으로 처음 배치된 부서가
원하던 곳이 아니어서 불만이
많았어요. 또 계급 문화가 확실한
곳이라 안 좋은 기억들이 많긴
하지만, 그래도 좋은 기억으로 남는
에피소드가 하나 있어요. 오래
일하신 수석님이 정년퇴임을 앞두고
부서 내부 행사 준비로 뮤직비디오를
만들었던 때가 기억에 남아요. 모든
부서원이 참여하는 '굿바이 영상'을
만들고 싶어서, 기획에 참여했는데
그때 '나는 무언가 만드는 일을
좋아하는구나'깨닫기도 했고, 또 그
조직에서 했던 일 중에 가장 재밌었던
일이기도 했어요.

**『^_ㅠ 웃_픈』에서 가장 좋아하는
구절은 어떤 건가요?**

나만 빼고.. 독립출판 / **에리카꿈**

〈자기소개 1〉이라고 책의 제일 앞에 있는 글을 가장 좋아해요. 제가 20년 넘게 살면서 자기소개를 해야 하는 순간이 많았는데 아직도 자기소개를 어떻게 해야 할지 모르겠어요. 할 말이 많으면 많을 수도 있고, 없으면 하나도 없을 수 있는 거잖아요. '내 안의 수많은 별들이 있는데 자기소개라는 것에서 이 많은 별들을 어떻게 다 설명할 수 있을까?'라는 생각이 들었어요. 그리고 회사에 입사해서도 이 글로 첫 자기소개를 했어요.

〈자기소개〉글이 굉장히 문학적이고 아름다운데요, 이 글은 어떻게 나오게 된 건가요?
고등학교 때 친구들이 하나둘씩 성형을 하길래 저도 어린 마음에 하고 싶은 생각이 들어서 아빠한테 말씀드렸어요. "아빠 나도 성형할까?"그랬더니 아빠는 "너 자체가 이미 우주인데 왜 그 우주를 바꾸려고 하냐."고 말씀하시더라고요. 그때부터 나는 우주고 내 안에 별들이 많다는 관념이 생길 수 있었던 것 같아요. 그 말이 지금까지 살아오는 데 있어 제

가치관에 큰 영향을 주었어요.

작가님은 책을 많이 읽으시나요?
제가 난독증이 있어요. 그래서 책을
정말 안 읽는데 교육청에서 정한
필독도서 같은 게 없었으면 교과서
말고는 아무것도 안 읽을 뻔했어요.
대학 때는 딱 전공 도서 정도만
읽은 것 같아요. 그런데 전공이
이탈리아어다 보니까 문학 공부를
할 때 반드시 읽어야 하는 책들이
있더라고요. 그래서 꼭 읽어야만
하는 책들은 읽었고, 그 외의 책은
안 읽었던 것 같아요. 그때는 이런
추천도서라도 읽었는데, 직장인이 된
뒤에는 책을 더 안 읽다 보니 생각의
폭이 좁아진 것 같기도 해요. 그리고
핑계처럼 들릴 수도 있지만, 다른
책을 읽으면 그 작가의 문체를 닮게
될까 봐 걱정되더라고요.

**인스타그램에서 보니 춤 실력도
수준급이시던데,
취미로 배우신 건가요?**
엄마가 태교로 춤을 추셨다고도
하고, 저도 어릴 때 초등학교
축제에서 대표로 춤도 추고
그랬어요. 제가 가진 여러 별들

중 하나인 거라 생각해요. 제가
학원에 다니기 시작한 지 한 달 정도
되었는데, 비슷한 시기에 현대 무용
학원에 다니는 동료가 있었어요.
그래서 '서로 학원에서 배운 걸
가지고 댄스배틀을 해보자!'해서
연습실을 딱 한 번 빌렸었는데
인스타그램에 있는 영상이 그때
영상이에요. 제 인생에서 제일
좋아하는 두 가지를 꼽자면 글쓰기와
춤이에요. 춤은 말을 하지 않지만,
동작으로 무언가를 표현하는 것에서
글처럼 '어투'가 있다고 생각해서
글쓰기와 춤이 닮은 것 같아요.
그리고 직장생활로 굳어 있던
근육들을 풀어주면 새로운 생각과
함께 글을 쓸 수 있지 않을까 싶어서
배우기 시작한 것도 있어요.

**자신의 매력을 한마디로
표현해주신다면요?**
'매력적인 게 매력'인 것 같아요. 보통
못생긴 사람한테 칭찬할 때 '너는
매력 있게 생겼다', '너 정말 매력
있다'고 하잖아요. 근데 그런 말을
많이 들었거든요. 그래서 그런지
정말 제가 매력적인 게 매력이라고
생각하게 된 것 같아요!

책 제목이 『^_ㅠ 웃_픈』인 만큼 웃긴 이야기뿐만 아니라 슬프고 쓸쓸함이 묻어난 글도 많이 있는 것 같아요.

쓸쓸한 글들이 대부분이에요. 그래서 원래 제목이 〈괜찮아 씩씩해〉였어요. '그럼에도 불구하고, 괜찮아 씩씩해'라는 메시지를 전달하고 싶었거든요. 사실 좋을 때보다 힘들 때 글이 더 잘 써지잖아요. 그럴 때 쓴 글이 많은 분에게 공감이 되기도 하고요.

항상 긍정적인 에너지를 많이 뿜어내는 작가님이지만, 때때로 찾아오는 외로움은 어떻게 극복하시나요?

시기마다 조금씩 다른데, 예전에는 많이 울면서 해소했어요. '울분'이라는 말이 있잖아요. 차올랐으면 울어줘야 할 필요가 있는 것 같아요. 울면 한결 편해지더라고요. 그래서 마음이 안 좋을 때는 지하철에서도 눈물이 흐르면 그대로 울고 그랬어요. 요즘은 직장에서 서로 다른 사람들이 모여 생활하다 보니 사람에게서 오는 스트레스가 많거든요. 책에서는 '타인을 이해해야 한다', '큰 그릇이

되어야 한다'고 하는데 '언제까지 나만 그래야 하는 건가?'싶더라고요. 그래서 힘들 때일수록 글 쓰면서 스트레스를 많이 풀고 있어요.

『^_ㅠ 웃_픈』을 통해서 어떤 메시지를 전달하고 싶으신가요?

'모두 비슷하다'는 말을 하고 싶어요. 다들 비슷한 일을 겪고 사는데, 단지 저는 그 이야기를 책으로 만들었을 뿐이거든요. 그래서 많은 분이 읽고 공감해 주셨으면 좋겠어요.

작가님에게 글쓰기란 무엇인가요?

해방촌이었어요. 과일 트럭 아저씨가 하시는 통화를 어쩌다 엿들었는데 그게 저한테 너무 시 같이 들렸어요. '집에 가서 딱히 할 건 없어도 집에 가면 신나잖아~'한 문장이었는데도 문장 뒤에 보이는 장면이 많은 문장이었어요. 제가 추구하는 글쓰기도 그래요. 문장 뒤에 장면들이 보이는 글쓰기를 하고 싶고 그게 제가 생각하는 문학 같아요. 문장 뒤에 삶이 있고 장면이 있는 그런 문장이요.

66

자신에게 여러 가지 '별'이 있다고 하는 말에,
그렇다면 그 별을 따다 글로서
수놓아 만들어지는 작품이 상상됐다.
생각이 트이는 대로 집필했다는 말 그대로,
생각을 타고 올라가다 보면 슬픈 현실에 대한
재치 있는 공감을 발견할 수 있을 것이다.

그 안에 별빛들이 빛나고 있기에,
에리카팜 작가의 책이 있는 자리라면
언제든 신나게 밝아질 수 있지 않을까 싶은
인터뷰였다.

99

에리카퐑 @hybrid_sensibility

인스타그램 @hybrid_sensibility

· 2017년『^_ㅠ 웃_픈』발간
· 2018년『o_0 우_잉』발간
· 2019년『도시시』발간

View All

2017년 7월 12일

제가 쓴 것 중 단 하나의 문장,
단 하나의 사진이라도
여러분에게 닿기를

임진아

『진발시 27』, 『진발장 산티아고』

책방에 들어와서 눈에 띄는 것 하나가,
주르륵 진열된 책등으로 보이는
임진아 작가의 강렬한 눈빛이다.
『진활장 산티아고』의 책 표지라 책등에 걸쳐서
그녀의 사진이 있기 때문이다.
독립서점을 찾는 많은 사람이 그 눈을 기억하고 있다.

진열된 책만으로 존재감을 내뿜는 '멋진 또라이'
임진아 작가를 만나보자.

자기소개 부탁드립니다.
'만드는 사람'임진아입니다. 작년에
『진발시 27』이라는 작은 시집을
독립출판으로 냈고, 2015년도에
다녀온 스페인 산티아고 순례길의
기록을 담은 〈진발장 산티아고〉
사진집 겸 에세이를 올봄에
만들었습니다. '멋진 또라이'가 되고
싶습니다.

'멋진 또라이'요?
네. 주변에서 또라이 같다는 말을
많이 들었어요. 그런데 저는 미쳤다는
말이 나쁘지가 않더라고요. 안 해본
걸 매번 도전하는 모습에서 사람들이
그렇게 불러주는 것이 아닐까
생각해요. 그래서 저를 소개할 때
'멋진 또라이'라고 말하고 있어요.

재미있는 자기소개네요.
그럼 독립출판을 하시게 된 계기는
무엇인가요?
작년에 낸 『진발시 27』이
'독립출판'으로 임진아를 꺼내 보인
첫 시작이에요.
스페인 순례길을 다녀와서 귀국했을
때 돈도, 직업도 사랑도 없이
0부터 시작해야 하는 현실이 많이

힘들었어요. 저는 힘들 때 술을
마시기도 하지만, 감정을 글로 막
휘갈길 때 스트레스가 풀리더라고요.
이렇게 스트레스를 풀어놓은 게
『진발시 27』이에요. 힘든 시기에
엄마에게 큰 위로가 되었어요.
공감이라는 위로가요. 이 고마운
마음을 선물하고 싶었어요. 제
솔직한 감정을 꺼낸 이 메모들을
책으로 만들어야겠다고 생각했죠.
엄마를 비롯해 저를 응원해준 고마운
사람들에게 선물하고 싶은 마음에
편집하다가, 독립출판을 알게 됐어요.
나이스 타이밍이었던 것 같아요.
독립출판을 알고 나서 '용기를 좀
내볼까' 생각했어요. 그래서 10부
찍겠다는 계획이 250부로 변경됐고,
독립서점에도 입고하게 됐어요.
그렇게 여러분들에게 '첫인사'를 드릴
수 있게 되었습니다. 반갑습니다.

여행을 다녀오시고 마주친 현실
중에서 어떤 점이 가장 힘드셨나요?
대한민국 미생 3년하고 산티아고에
갔어요. 산티아고에 정말 가고 싶어서
다가올 현실을 뒤로한 채 여행을
갔죠. 그런데 아니나 다를까, 다녀온
후에 제가 마주한 현실이 생각보다

너무 힘들었어요. 그리고 유럽을 가기
전에 만났던 사람과 연락이 끊어진
그대로 헤어졌는데, 여행 직전에
유럽 다녀와서 다시 만나자고 연락이
왔어요. 그 말대로 여행을 다녀와서
다시 연락했는데 이번에도 받지를
않더라고요. 그 사람에 대한 상처가
가장 컸어요. 그래도 시간이 지나고
보니 그렇게 경솔한 사람이었다면
차라리 연락 두절로 헤어지는
게 나았을지도 모른다는 생각이
들더라고요. 여행을 다녀와서 돈도
없고 취업도 해야 하는 상황에서
이별까지 겪다 보니 정말 힘들었어요.

힘든 현실 속에서 글을 쓰기가

쉽지는 않았을 것 같아요.

제가 술을 좋아해서 스트레스를
받으면 술로 풀기도 하지만, 글로
써서 풀기도 해요. 저는 글을
서정적으로 아름답게 쓰질 못해요.
오히려 제 감정 그대로 솔직하게
쓰고 읽기 쉬운 글을 쓰면서
스트레스를 풀었어요.

어머니께서 어떻게
위로가 되어주셨나요?

엄마가 해결책을 제시해 준 건
아니었어요. 그런데 '나도 너 때는
그랬어'라고 한마디 해 주셨는데 그
말이 저에게 큰 위로가 되었어요.
엄마도 27살에 나와 같은 고민을

했던 사람으로서 이런 위로가 정말 감사했어요.

『진발시 27』과 『진발장 산티아고』의 작업과정은 어떠셨나요?
『진발시 27』은 그동안 쓴 글을 워드에 옮겨서 제본만 하면 됐어요. 편집도 기존에 쓰던 편집 프로그램으로 배열만 맞추면 돼서 정말 간단했고, 엄마가 어릴 적 찍어준 사진 중에 제가 가장 좋아하는 사진으로 표지를 만들었어요. 『진발장 산티아고』는 배낭 하나 메고 속세를 벗어던진 채 자연을 거닐며 느낀 생각들을 담은 책인데요, 원래 책으로 만들 생각은 없었어요. 그런데 자연이 너무 멋있어서 사진을 안 찍을 수가 없더라고요. 처음에는 아이폰으로 찍은 사진을 출력하면 원본이 깨질까 봐 크기를 작게 하려고 했는데, 인쇄해보니 픽셀이 많이 깨지지 않아서 다행이었어요. 덕분에 처음 생각보다 사진도 크게 넣을 수 있었어요. 힘들었던 점은 산티아고를 2달 정도 걸으면서 찍은 사진들이 너무 많아서 선별하기가 조금 힘들었어요.

내용의 경우에는 여행 중 길 위에서 만난 사람을 포함해서 제가 느낀 게 많다 보니 글로 써 놓은 콘텐츠가 많이 쌓이더라고요.

『진발시 27』은 27살이었던 2015년에 작가님의 힘든 시기를 기록으로 남기셨는데요, 행복했던 때가 아니라 힘들었던 순간을 택해서 글로 남기신 이유가 있나요?
오히려 속으로 삼켜내기보다 글로 꺼내 보이는 게 나았던 것 같아요. 힘들었던 일을 글로 드러내는 자체만으로도 속 시원하게 풀 수 있었어요.

진발시의 뜻이 '진지하고 발랄한 시', '진아의 발로 쓴 시', '진아는 발과 시 없으면 안 된다'라고 소개하셨는데요, 자신의 시를 '발로 쓴 시'라거나 '발과 시가 없으면 안 된다'는 게 어떤 의미인가요?
제 글이 너무 무겁지 않으면서 피식하고 웃으며 볼 수 있는 책이었으면 해요. 그래서 '발로 쓴 시'라고 한 건 가볍게 읽을 수 있는 시라는 뜻으로 보면 될 것 같아요. 그리고 '발이 없으면 안 된다'고

한 이유는, 제가 걷고 뛰는 것도
좋아하고, '발로 뛴다'는 말에는 직접
부딪히면서 경험을 한다는 뜻도
있어서 저를 잘 표현하는 말이라고
생각했어요. '시가 없으면 안 된다'는
건 시처럼 짧은 글로 저를 표현하는
일에 매력을 느꼈기 때문이고요.

**『진발시 27』 표지에는 작가님의
어릴 적 사진이 담겼는데요.
이 사진을 표지로 고르신 이유가
있을까요?**
아기들은 조용할 때가 더 무서운

법이라고 하잖아요. 어디서 사고를
치고 있을지 모르니까요. 하루는
제가 너무 조용해서 엄마가 방에
들어와 보니 맥주병을 굴리면서 놀고
있더래요. 그래서 이 사진이 저를 잘
나타내고 있다는 생각이 들었어요.

**여행을 다녀오신 후에 '레알 현실'을
마주했다고 표현하셨는데,
그 당시 현실에서 가장 큰 고민은
무엇이었나요?**
대한민국의 보통 27살 여자라면
하고 있어야 할 것들, 요구되는

것들이 있잖아요. 그런 것들을 현실로 마주하니 힘들었어요. 제일 가까운 아버지께서도 '너 하고 싶은 여행 다녀왔으니 이제 뭐 할 거니?'라고 물어보실 정도였으니, 아직은 사회적인 통념에서 20대 중반을 넘기고 서른을 바라보는 여자에게 사회에서 기대하는 것들을 무시할 수가 없더라고요. 그런데 저도 27살이 처음인데 어떻게 해야 할지 몰라서 정말 고민이 되었어요. 그렇지만 27이라는 숫자는 그저 27의 해를 살았다는 것뿐인데, 그 나이에 맞는 무언가를 반드시 하고 있어야 한다고 생각하지는 않게 됐어요. 그렇게 생각을 조금 바꿔보니까 크게 신경 쓸 필요는 없겠더라고요.

어머니의 '나도 너 나이 때는 그랬어'라는 한마디에 위로를 받으셨잖아요. 그렇다면 먼 훗날 작가님 딸이 27살에 작가님과 비슷한 고민을 하고 있다면 어떤 말을 해 주고 싶으세요?
저도 엄마랑 똑같이 '나도 너 때 그랬어'라고 말해주고 싶어요. 구구절절 이야기해 주고 싶지는 않아요. 힘든 감정을 느끼고 있는 건 그 아이기 때문에 '이래서 힘든 거니? 어떤 게 고민이니?'하면서 캐묻기보다 그 아이가 힘든 것에 대해서 고스란히 들어주고 싶어요. 저도 엄마가 그저 묵묵히 제 이야기를 다 들어주셨기 때문에 감동이었고, 위로를 받았거든요. 물론 딸이 윤리적으로 잘못 생각하고 있는 게 있다면 부모로서 바로잡아 줘야 하겠지만, 그런 게 아니라면 저도 엄마처럼 잘 들어주고 싶어요.

이번에는 『진발장 산티아고』 이야기를 해보겠습니다. 진발장이 '진아의 발은 장난이 아니다'라는 뜻에서 프랑스 생장부터 스페인 산티아고까지 약 1,200km 여정을 사진으로 담으셨는데요. 2개월 반의 여정 동안 가장 인상 깊었던 에피소드에 대해 소개해주신다면요?
두 가지가 인상 깊었는데, 자연과 노부부인데요. 자연은 정말 말로 표현할 수 없을 정도로 아름다웠어요. 그래서 카메라 없이 아이폰으로나마 수백 장의 사진을 찍을 수밖에 없었거든요. 또 머리가 하얗게 센 노부부를 많이 봤어요. 다정하게 손을 잡고 걸어가시는 분들도 있었고, 걷는 속도가 달라서 할아버지가 앞서가시다가도 할머니를 기다려주시기도 하고, 할머니는 그런 할아버지에게 서운해하지 않고 천천히 뒤따라가시더라고요. 이런 모습들이 너무 좋았죠.

아, 그리고 한 가지 더 생각났는데 앞이 보이지 않는 분과 그분을 인솔하는 분이 나란히 가는 걸 봤어요. 길이 평지만 있는 게 아니라 돌길도 있고 등산도 해야 하거든요. 앞이 보이지 않는 분이 등산 스틱을 인솔자 가방에 걸고 거기에 의지해서 걸어가고 있었어요. 사실 자기 몸 하나 가누기도 힘든 곳인데 그렇게 가는 모습을 보니까 정말 대단하더라고요. 이 힘든 곳을 걸어가겠다는 의지와 끝까지 인솔해야겠다는 책임감이 정말 존경스러웠어요.

길 위에서 오랜 시간을 보내다 보니 재밌는 일도 많았을 것 같아요.
유럽에는 발가락 양말이라는 게 없어요. 제가 바셀린을 바르고 반 발가락 양말을 신은 덕분에 물집 안 잡히고 걸을 수 있었거든요. 그런데 유럽 친구들이 제 양말을 보고 정말 신기해하더라고요.

반대로 힘들었던 일은 어떤 게 있었나요?
한동안 길에서 만난 친구들과 함께 걷던 때였는데, 그러다 저는 마을에서 봉사활동 예정이 있어서 그 친구들과 헤어지게 됐어요. 봉사활동 때문에 마을에 머물렀다가 다시 혼자 출발했죠. 그런데 혼자 계속 걷다 보니 정말 외로운 거예요. 제가 그날따라 늦게 출발하는 바람에 제 앞뒤로 사람 한 명 보이질 않더라고요. 그러다 보니 '제발 내 시야에 사람 한 명이라도 나타났으면 좋겠다' 싶었어요. 이 사람이 나와 말동무가 되지 않아도 좋고, 내 배낭을 들어주지 않아도 좋으니까 한 사람이라도 보였으면 싶었거든요. 그리고 그날 묵을 예정이었던 숙소가 97명 인원을 수용하는 곳인데 제가 96번째로 들어가게 되었어요. 만약에 제가 98번째로 도착해서 그곳에 머물지 못했다면 10km 정도를 더 걸어가야 했을 수도 있었거든요. 생각해보면 외로움과 무서움이 가장 힘들었어요.

『진발장 산티아고』에서
'진발장 사진은 당신께 만만했으면
좋겠습니다'라는 책 소개가
인상적이었는데요.
'만만했으면 좋겠다'고 소개하신
이유는 무엇인가요?

제가 사진집을 보면서 느꼈던
점이, 좋은 종이에 고퀄리티로 만든
사진집을 한 번 보고 소장용으로
남는다는 게 안타까웠어요. 그런데
멋진 사진은 책장 안에 가둬두는
것보다 내 눈앞에 있는 게 맞다고
생각했거든요. 잡지에서 예쁜
연예인 사진을 과감히 뜯어서 벽에
붙여놓는 것처럼, 제 책에서 괜찮은
사진이 있다면 찢어서 잘 보이는
곳에 붙여놓아도 좋다는 뜻에서
'만만했으면 좋겠다'고 표현했어요.

『진발장 산티아고』는 여행 중
손으로 쓴 일기장을 그대로 옮겨서
책으로 만드셨는데요.
이 점이 굉장히 독특했어요.

처음에는 워드로 글을 옮겨서
작업하려고 했는데, 남의 일기장을
훔쳐보는 듯한 느낌을 주고
싶었어요. 그래서 컴퓨터가 아니라

손글씨로 직접 써서 출력한 가제본을
봤는데 너무 엉망인 거예요.
인디자인으로는 구성이나 배열
편집을 하니까 깔끔한데 이건 제가
손으로 쓴 걸 스캔하다 보니 배열이
너무 안 맞더라고요. 그래서 작업을
다시 했어요. 제 의도는 맘에 드는
사진이 있으면 언제든지 쭉 찢어서
벽에도 붙여놓고, 책에도 끼워놓을 수
있는 편한 느낌을 주고 싶어서 제가
손으로 글씨를 쓰게 되었어요.

작품 활동을 하면서 기억에 남는
독자분이 있다면요?

어느 독자분이 『진발시 27』을 보고
울었다고 메일을 보내주셨어요.
그렇게 인연이 닿아 연락을
주고받다가 연말에 만나고 싶다고
해서 정말 감사한 마음으로 흔쾌히
수락했죠. 그런데 제가 생각했던
연령층과는 다르게 아이가 있는
어머니셨어요. 그분의 20대를
들어보니 제 책을 보고 왜 눈물을
흘렸는지 알겠더라고요. 지금까지
연락을 꾸준히 하면서 얼마
전에 만나서 새로 나온 『진발장
산티아고』를 전해드렸더니 진심으로
축하해 주셨어요. 이렇게 소중한

인연을 만날 수 있어서 정말
감사했어요.

**초보자도 사진을 잘 찍을 수 있는
방법은 어떤 게 있을까요?**
사진을 찍을 대상에 대해 호기심을
갖는 게 좋은 것 같아요. 구도나
각도에 대한 방법은 전문가에게
듣는 게 맞는 것 같으니, 제가 사진
찍을 때 중요하게 생각하는 것은
'호기심'이에요. 제 시야에서 예쁘다고
생각하는 것에 대해 호기심을
갖고 찍으면 자신만의 사진을
찍을 수 있어요. 처음부터 멋있게
찍어야 한다는 생각으로 이것저것
계산해서 찍으면 오히려 자연스럽지
않고 딱딱한 사진이 되는 경우가
많거든요. 나만의 호기심으로 찍으면
내 스타일로 예쁜 사진을 찍을 수
있어요.

**다음으로는
어떤 책을 내고 싶으신가요?**
책을 만들기 위해 글을 쓰는 건
아니라고 생각해요. 두 책 모두
콘텐츠가 있는 다음에 책으로
만들었거든요. 다음 책도 실제
경험이나 좋은 생각들, 많은 사람과의

만남이 쌓이다 보면 자연스레 만들
수 있을 것 같아요. 스스로 재밌는
경험을 많이 하고 싶어요.

**마지막으로 독자들에게
하고 싶은 말이 있다면 부탁드려요.**
하나라도 당신께 닿았으면
좋겠습니다. 저의 경험에서 비롯된
모든 기록 중 단 하나의 문장, 단
한 장의 사진이라도 여러분께
닿을 수 있으면 좋겠어요. 책을
만들었기 때문에 작가라기보다는,
임진아라는 사람의 경험 속에서
여러분과의 연결고리가 있다면
행복할 것 같아요. 저에게는 두
권의 책이 있지만, 이 두 권 모두
제 자신이거든요. 그래서 제 책을
보셨다면, 저를 만나신 것과
다름없어요. 인연인 거예요. 저와
인연을 맺어주셔서 감사합니다.

❝

인터뷰를 마치고 나서,
'진아의 발은 장난 아니다'라는 말이 실감이 났다.
두 다리로 소화한 1,200km의 유럽 여정,
스스로를 '멋진 또라이'라고 소개하며 다가오는
친근함, 힘들 때일수록 시를 통해 자신의 스트레스를
승화시키고 책까지 낸 행동력.
이 모든 것이 '발'이라는 상징으로 임진아 작가를
잘 드러내고 있었다.

여러분도 그녀의 발이 어디로 향했는지,
또 어디로 향할지 지켜보는 것으로,
그 경험이 당신의 마음에 닿을 수 있기를 바란다.

❞

임진아 @jinbal.sea

인스타그램 @jinbal.sea

이메일 todoelmundo.4b@gmail.com

· 2016년 4월 『진발시 27』 발간
· 2017년 4월 『진발장 산티아고』 발간
· 2018년 8월 『진발악』 발간

제가 쓰고 싶었던 글은 좋은 영향을 줄 수 있는 환상적인 것이었습니다.
2018년 여름, 음악 에세이 진발악을 소개하고 1년간 포르투갈에서 생활하며 내가 쓰는 것, 쓰고 싶은 것, 써야 하는 것에 대한 고민을 많이 했던 것 같습니다. 진발시, 진발장, 진발악 세 작품으로 지금까지 임진아의 시간을 다양한 형식으로 표현할 수 있었고, 이젠 지류에 남겨도 나무에 미안하지 않을 텍스트를 창작하려고 합니다. 현재 진행 중이지만, 천천히, 아주 천천히 걷고 있습니다. 조바심내지 않고 이 글에 필요한 속도로 걷고 있습니다.
언제 인사드릴 수 있을지 모르겠지만, 아름답고 경각심을 가지게 해 줄 그 어떤 것을 잊지 말아 주세요!

지금이 아니면
할 수 없는 생각을
잔상이 스치듯 풀어내다

파란달(최병호)

『늦깎이 별』, 『달의 뒤편으로 와요』

늘 달을 볼 때쯤이면 여유를 느낄 수 있었다.
처음에는 여유가 있을 때 달을 봤던 건데,
이제는 달을 보면 여유를 느끼게 되어
달이 참 좋아졌다.

퇴근길 만원 버스에서,
힘든 두 다리로 겨우 버티고 있을 때.
창밖에 수많은 가로등보다 더 밝게 빛나며
나를 집까지 데려다주는
달이 참 좋았다.

나처럼 달을 좋아하는 최병호 작가의 이야기를 들으러
달의 뒤편에 다녀왔다.

이렇게 인터뷰에 응해 주셔서 감사합니다. 작가로서 인터뷰가 이번이 처음이신가요?

구로에 있는 독립서점에서 한번 해 본 적이 있어요. SNS를 보고 가보고 싶던 책방이었는데, 어떻게 하면 그 서점에 제 책을 입고할 수 있을까 여쭈어봤어요. 그랬더니 바로 입고하는 게 아니라 인터뷰 후에 입고할 수 있다고 해서 응했던 것이 저의 첫 인터뷰였습니다.

책에 작가 소개가 없네요?

저는 제 소개를 가장 어려워해요. 그래서 책에도 제 소개를 안 썼어요. 저라는 사람을 글로 봐주셨으면 좋겠어요. 저 자신보다는 글로 저를 읽어주셨으면 해요.

본인 소개를 책으로 대신한다고 하셨는데 그렇다면 책을 소개해주시겠어요?

스쳐 가는 잔상들을 가볍게 풀어낸 책이에요. '청춘'이라는 단어를 책으로 표현했어요. 지금이 아니면 할 수 없는 생각들을요. 어떤 사람들이 보기에는 '이런 것까지 책으로 써야 하나'싶기도 할 테고, 기성세대들이 보기에는 '너무 철없다'라고 생각할 수도 있어요. 많은 작가가 초고를 쓰고 퇴고를 여러 번 거치는데, 저는 그러지 않았어요. 있는 그대로 일상을 포착해서 기록하고 싶었죠.

그런 일상의 기록을 메모나 일기로 남길 수도 있는데 굳이 책으로 내야겠다고 결심한 이유가 있을까요?

제 개인 메모장이나 일기장에 글을 쓰곤 했는데, 책으로 내지 않으면 나중에 사라질 것 같았어요. 그래서 스스로 정리하는 의미에서도 책을 쓰게 되었죠. 시간이 지나면 '내가 이런 생각을 했구나'하고 그때를 떠올릴 수 있잖아요. 저를 위한 책인 거죠.

독립출판을 하시게 된 이유가 궁금합니다.

저라는 사람은 여러 가지로 시도하는 걸 좋아해요. 안 해 본 걸 하고 싶어 하죠. 책을 쓰려는 동기도 저 자신을 위한 것이었어요. 순간이라는 것이 빠르게 흩어지는 데 그 순간들을 잡아서 보관하고 싶었어요. 보통은 글을 쓰고 출판사에 넘기면 디자인이나 편집까지 다 해 주는데,

디자인이나 편집도 제가 다 하고 싶었어요. 글을 쓰면서 디자인을 이렇게 해야겠다 잡히는 게 있어서 내지 디자인은 직접 했어요. 하지만 표지 디자인은 제 능력 밖이었죠. 가볍게 하려면 제가 할 수도 있었는데, 예쁜 이미지도 중요하다고 생각해서 표지는 전문가에게 맡기게 되었어요.

이번이 두 번째 출판이라고 알고 있는데, 첫 출판 때 기억에 남는 에피소드가 있다면 무엇인가요?
첫 출판으로 낸 『늦깎이 별』이라는 책에 대해 이야기해야 할 것

같아요. 원래 책을 읽고 글 쓰는 걸 좋아했고, 책 내는 게 버킷리스트 중 하나였어요. 작년에 제주도 여행을 갔다가 우연히 독립서점을 발견했어요. 저에게 독립출판이 너무 신선했던 거죠. 나와 비슷한 생각을 하는 사람이 책을 내서 반가웠어요. '나도 책을 낼 수 있겠다'라는 생각을 하게 됐어요. 첫날 오후부터 서점에서 책을 보고 저녁을 먹고 끝날 때까지 있었고, 그다음 날에도 가서 사장님을 많이 괴롭혔죠. 저는 질문이 생기면 바로 물어보거든요. 사장님한테 어떻게 하면 서점을 할 수 있는지 물어봤더니 책을 하나

나만 빼고.. 독립출판 / **최병호**

소개해주시더라고요. 『제주에서 뭐
하고 살지?』라는 책이었어요. 저는
정말 서점을 하고 싶었는데 막연히
생각만 하다가 직접 하시는 분을
만나서 설 어요. 그 계기로 서울로
와서 바로 작업을 했습니다.

평소에도 글을
많이 쓰시는 편인가요?
제 전공이 영문학과라 문학에
관심이 많을 수밖에 없었죠. 그리고
예전에 글쓰기 모임을 한 적도
있어요. 전부터 좋아했던 작가가
있는데, 그분이 글쓰기 수업을
열어서 일주일에 한 번씩 읽은
책을 소개하고 정해진 주제에 대해
써온 글을 발표하는 자리를 가지는
자리였어요. 그리고 SNS에도 글을
많이 썼어요.

'파란달'이라는
필명을 쓰시던데 무슨 뜻인가요?
원래 달이 좋았어요. 그리고
파란색을 좋아하기도 해서, 두
가지를 합쳐서 '파란달'이라고 이름을
지어봤어요. 지어놓고 보니 이름이
예뻐서 쭉 쓰게 됐어요. 태양은
맨눈으로 볼 수 없는데 달은 볼 수

있으니까 좋아하게 됐나 봐요.

<마음의 영화관>에서 '기억이
사랑보다 길다'라는 표현이 '여운'을
표현한 말이라고 느꼈어요. 그런
맥락에서 책 중에 가장 여운이 남는
글은 어떤 건가요?
제가 아침에 대해 쓴 부분이 있어요.
사람들이 그 내용을 좋아하더라고요.

그게 기억에 남아요. 인스타그램에
올렸더니 많은 분이 좋아해
주셨거든요.

아침
오늘은 어떤 아침이야?
예쁜 아침이야.
어떤 게? 하늘이? 바람이?
아니, 그거 물어봐 주는 당신이.

〈티타임 1〉의 '식어가는 차를 마시며 글을 쓸 때면 밤이 너무 사랑스러워 미치겠어'라는 문장을 읽고 작가님이 글을 쓰는 모습이 떠올랐는데요, 평소에 어떤 분위기의 장소나 시간에 글을 쓰시는지 궁금합니다.

카페에서 글을 쓰는 걸 좋아해요. 좋아하는 음악을 듣고, 차를 마시면서 글 쓰는 게 좋거든요. 저녁 6시 즈음, 딱 지금과 같은(마침 인터뷰 시간이 해 질 녘이었다) 해 질 녘을 좋아하는데 그 분위기에서 글을 쓰면 참 행복하더라고요. 『늦깎이 별』을 쓸 때는 작업 환경을 갖춰서 글을 썼는데, 지금은 그렇게 하기가 어려워요. 본업 때문에 글을 많이 쓰지는 못해요. 일하다 보니 퇴근 후에는 피곤해서 정신적으로 집중이 안 돼요. 작년에는 '글을 써야겠다'하면 컴퓨터에 메모했어요. 저 같은 경우에는 작업할 때 많은 에너지를 쏟아붓는 스타일인데, 요즘에는 그럴 여력이 없어서 작업을 못 하고 있어요. 지금은 『달의 뒤편으로 와요』처럼 인스타그램에서 메모하듯 글을 쓰고 있어요. 스쳐 가는 잔상과 감정들 위주로 말이죠.

『늦깎이 별』과 『달의 뒤편으로 와요』는 각각 어떤 특징이 있나요?

두 책을 비교하기에는 결이 조금 다른데요. 『늦깎이 별』은 이별의 감정을 고스란히 담은 책이라 이별하신 분이 이 책을 만났다면 크게 공감을 할 수 있는 책이에요. 『달의 뒤편으로 와요』는 일상을 다뤘기에 조금 가볍게 만날 수 있는 책이고요. 독자층의 스펙트럼이 넓어진 거죠.

독립서점과 독립출판물에 대해서 갖고 계신 생각과 느낌은 어떠신가요?

후배랑 이태원에 있는 서점들을 여러 군데 다녀본 적이 있었어요. 다녀와서 후배가 이런 이야기를 했어요. "책들이 다 비슷한 것 같아. 처음엔 신선한데 여기서 본 책이 저기도 보이고, 독립서적도 유행을 타나 봐. 다들 자기 힘든 얘기만 하는 것 같아."라고 하더라고요. 그 말을 듣고 생각해보니까 중요한 건 사람들이 그러한 글 속에서 위로를 받고 공감을 한다는 것이 '이 시대의 청춘들이 그만큼 힘든 게 아닐까'싶었어요. 생각해보면 하늘도 매일 다르잖아요. 실용적인 측면에서 하늘이 저렇게까지 예쁠 필요는 없는데.
자연이 자꾸 일깨워 주는 것 같아요. 세상은 실용적인 것만 필요한 게 아니라
효용 가치가 없는 것도 나름의 가치가 있다는 것 그리고 인간은 아름다움에
반응하는 존재이기에 같은 아름다움이어도 더 나은 아름다움을 추구하는
패턴이 필요한 것 같아요.

구상하거나 작업 중인 다음 작품이 있을까요?
머릿속에서는 이것저것 구상하고 있지만, 지금은 작업할 수 있는 환경이 안
되네요. 아는 동생이랑 기획한 게 있는데, 교회에 대한 이야기예요. 이 책도 저를

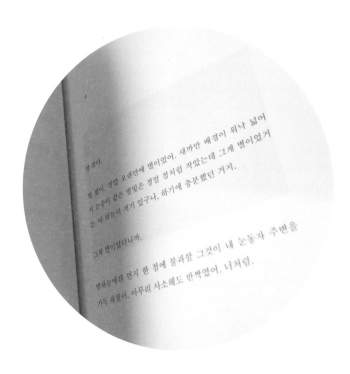

위한 책인데요, 20대 중반의 저에게는
교회라는 공간과 거기서 보낸 시간이
무지개색 기억으로 남아있어요,
그래서 그때의 기억을 풀어내고
싶어요,

앞으로도 계속해서
독립출판을 하실 건가요?
독립출판은 사람마다 정의가 다르고
경계가 굉장히 모호해요, 일단
저는 계속해서 글을 쓰고 싶고요,
'전업으로 이걸 할 수 있을까?'고민해
봤는데 현실적으로 돈이 안 돼요,
친동생이 독립출판사를 운영하고
있어서 같이 할 수는 있어요, 그런데
동생이 운영하는 걸 옆에서 보니
만약 내가 전업으로 하게 된다면
행정적인 면까지 병행할 수 있을까
걱정이 돼요, 쓰고 싶은 글은 굉장히
많은데, 저는 그때마다 에너지가 많이
필요하거든요, 그런 제가 행정적인
부분까지 신경 쓰게 된다면 오로지
글만 전념해서 쓰질 못해요, 그래서
아직도 고민이에요, 독립출판은
스스로 다 할 수 있다는 장점이
있지만, 창작물은 사람들과 어울리는
환경에서 나오기도 하잖아요,
'집단지성'이라는 말처럼 제가 쓴

글을 다른 사람이 편집해 주는
경험도 해 보고 싶어요, 저의 글이
다른 사람을 거쳐서 더 좋게 나올
수도 있거든요, 독립출판이 장점이
있기도 하지만 한계도 있다고 생각을
해서 아직은 확답을 드리긴 어렵네요,

"

인터뷰를 마치고 잠시 나눈 대화에서,
최병호 작가가 '청춘'을 결혼 전이라고
생각해서 아쉽다는 말을 했다.
그 말에 '청춘'의 기준을 결혼 후의 더 먼 곳으로
보내면 청춘의 시간이 훨씬
늘어날 거라고 웃으며 대답했다.

누구나 불안한 미래에 대해 고민한다.
하지만 소중한 지금 이 시간을 걱정하느라
흘려보내기에는 아깝다.
현재는 선물이기에,
이 순간을 후회 없이 보내는 것이 행복이지 않을까?

"

최병호 @choee.bh

인스타그램 @choee.bh

· 2016년 『늦깎이별』 발간
· 2017년 『달의 뒤편으로 와요』 발간
· 2018년 『다음 생은 사절입니다』 발간

View All

커피 일을 하며 글을 쓰고 음악을 만듭니다. 요즘 관심주제는 육체의 고통과 우리 사회의 통증 같은 것들. 특히 제가 경험한 키토제닉과 건강한 삶에 관한 내용으로 다음 책을 준비하고 있습니다.

2018년 3월 2일

교훈을 찾기보다
순수하게 소설을
즐겨주셨으면 해요

김민호

『셀카』, 『KISS』

글을 읽으며 장면마다 영상이
눈 앞에 펼쳐지는 느낌을 받아본 적 있는가?
분명 같은 작가가 쓴 글인데도, 마치 각기 다른 사람이 쓴 것처럼
작품마다 색이 다채로울 수 있을까?
이 두 가지의 색다른 느낌을 단편소설집 『셀카』를
읽으면서 받았다.

소설을 잘 집어 드는 편이 아니었는데도, 책에 빠져들다 보니
'이런 글을 쓰는 사람은 도대체 어떤 사람일까?'
호기심이 들지 않을 수 없었다.

무지개 같은 책을 쓴 작가라면, 그 자신도 프리즘 같은 사람이
아닐까 궁금했다.
그래서 『KISS』, 『셀카』의 작가 김민호와 실제로 마주 앉아 보았다.

자기소개를 부탁드립니다.

『셀카』와 『KISS』라는 소설을 쓴
김민호입니다. 전공은 과학 분야이고,
대학원에 가려고 준비하고 있습니다.
영화, 소설, 음악 등 예술 관련된
것들을 좋아하는 사람입니다.

작가님의 책, 『셀카』와 『KISS』를 소개해주세요.

『셀카』는 3편의 이야기를 담은
단편소설집입니다. 〈귀를
기울이면〉은 청각장애인에 대해서
썼고, 〈page〉는 '존 케이지'라는
아방가르드 음악가의 곡을 제
나름대로 오마주로서 소설로
풀어냈습니다. 〈셀카〉는 셀카에
빠진 현대인을 풍자한 이야기입니다.
그리고 『KISS』라는 장편소설은
키스방에서 일하는 여대생과 그
여대생을 찾아오는 연극영화과
학생을 다루고 있습니다.

이 책들을 재밌게 접근하는 방법이 있나요?

제 책을 보실 때 어떤 교훈을
얻을 생각으로 보실 필요는 없는
것 같아요. 보는 순간만큼 그냥
순수하게 즐겼으면 해요. 예술의
궁극적인 목적은 그저 즐기는 거라고
생각하거든요.

독립출판물을 발간하게 된 계기는 무엇인가요?

처음부터 발간할 생각이 있었던
것은 아니었어요. 처음에는 순수하게
즐거움으로 소설을 썼다가 쓰고
난 뒤에 주위 사람에게 보여줄
겸 해서 책을 만들 생각을 한
겁니다. 독립출판에 대해서는,
여행지에서 나들이 갔다가 우연히
독립서점에 들어가게 되었어요.
그곳에서 김종완 작가분의 책을
읽게 되었고, 손으로 만든 그 책을
보고 '나도 써놓은 글이 있으니
한 번 해볼까?'하는 생각을 하게
되었습니다. 그래서 홍대 '짐프리'를
찾아가게 됐고, 책을 만들게
되었어요. 마침 짐프리 대표분이
독립출판의 야심이 있으셔서 〈제1회
독립출판페스티벌〉을 여실 때였는데
그분의 권유로 페스티벌에 참가하게
되었습니다. 그래서 책을 인쇄하고
페스티벌에서 판매했습니다.

표지가 횡한 느낌이 있어요. 그 이유가 있나요?

처음에는 표지 디자인에 대해 아쉬움이 있었어요. 그런데 시간이 지나고 생각해보니 표지에 그림이 들어가기 시작하면 독자의 상상력을 제한하는 것 같더라고요. 자기만의 형태로 변형을 못 시킬 수 있겠다는 생각이 들었어요. 예를 들어 소설에 주인공 얼굴이 있었다면 독자들이 주인공의 모습을 마음껏 상상할 수 없을 테니까요.

섬세한 표현이 인상 깊었는데, 따로 신경 쓰시는 부분이 있나요?

제가 사실 프랑스 소설을 좋아하거든요. 프랑스 작가들이 인간 감정을 섬세하게 표현을 잘해요. 의도해서 쓴 건 아닌데, 저한테 그 소설들이 영향을 준 것 같아요. 소설도 그렇지만, 프랑스 영화는 더 좋아해요. 〈가장 따뜻한 색, 블루〉라는 작품을 보고 충격을 좀 받았어요. 어떻게 이렇게 섬세하고, 인간의 감정에 깊이 들어갈 수 있을까 싶었죠. 소설은 감정묘사를 글로 표현하기 쉬운데 영화는 반면에 어렵다고 생각했었거든요.

독립출판을 하면서 있었던 기억에

남는 에피소드를 소개해주신다면요?

독립출판 페스티벌 중 어떤 학생분이 오셔서 단편 하나 가져가셨어요. 그리고 몇 분 뒤에 같은 분이 방금 샀던 책을 읽고 오시더니 '이거 너무 재밌다. 장편도 달라'고 한 권 더 구매해 가셨어요. 그때의 경험은 너무 감동적이고 짜릿했습니다.

책 만드시면서 겪었던 어려운 점은 무엇이었나요?

사실 출판과정 자체가 재밌어서 힘들진 않았어요. 정말 어려웠던 건 오타 교정이었어요. 이게 죽여도 죽여도 다시 살아나는 바퀴벌레 같았어요. 몇십 번 몇백 번 봐도 완벽한 문장이라 봤는데, 다시 보면 마치 자기가 살아서 움직인 것처럼 이상하게 변신해 있었어요. 너무 지루했어요. 그 교정과정이. 하지만 독자에게 교정/교열은 기본적인 예의라고 생각했기 때문에 힘들다고 그냥 지나갈 수 없었어요.

독립출판의 매력은 어디에 있다고 생각하시나요?

어렸을 때부터 취미로 글 쓰는 걸 좋아했지만, 소설을 쓰기로

한 결정적인 계기는 유튜브에서
김영하 작가님의 '예술가가 되자.
지금 당장'이라는 강의를 보고
난 후였어요. 예전에는 '전업
작가도 아닌 사람이 글을 쓴다고
돈이 생기는 것도 아니고, 누가
출판해주는 것도 아닌데'라고
생각했었죠.
그런데 그 강의에서 김영하 작가님이
'그 순간 즐거우면 그만이다'라는
말을 해주셨습니다. 실용적인 일은
아니지만 하나하나 따져 살지
말자는 뜻이었어요. 그렇게 따질
거면 '우리는 왜 살아야 하나'라는
생각을 하게 되었습니다. 예술에는
이유가 없다. 그냥 즐거우면 된다고
생각해요. 처음부터 책을 만들려고
글을 썼던 건 아니었지만 즐기다
보니 이렇게 출판도 하게 되고 이렇게
인터뷰도 하게 되었습니다.

**예술에 도전하려는 사람에게 해주고
싶은 말이 있다면요?**
유튜브에서 김영하 작가님의 강의를
들어볼 것을 추천해 드립니다.

"

실제로 김민호 작가를 처음 봤을 때는,
학구적인 대학원생이라는 인상을 받았다.
인터뷰를 진행하면서는 '즐기는 자'로서
예술에 대해 자기만의 확고한 신념을 가진
사람임을 알 수 있었다.
영상미가 느껴지는 소설.

한 명의 작가가 아닌 것만 같은 다양한
자아가 담긴 소설.
이러한 오묘한 매력에 빠져보고 싶다면,
김민호 작가의 현실적인 예술의 세계를 한번
넘겨보는 건 어떨까.

"

Follow

김민호

이메일　　yoya715@gmail.com

· 2016년 『KISS』, 『셀카』 발간
· 2016년 짐프리 주최 독립출판 축제 'Seoul Zine Festival'참가
· 2018년 3월 옥탑방책방과 인터뷰 진행

View All

현재도 학업을 진행하면서 소소한 즐거움 거리로 소설을 씁니다.
확실친 않으나 다음 작품은 이르면 내년 즈음에 완성되지 않을까 합니다.
일 년에 한두 번 정도이긴 하나 누군가가 제 책을 인스타 등에 업로드하는 것을
발견할 때마다 무한한 행복감을 느낍니다.

2018년 3월 8일

제 진짜 유머는 아직
TV에 나오지 않았어요

김연지

『TV를 끈 방송작가』

책 제목에서 알 수 있듯이, 김연지 작가는
방송작가를 하던 사람이다.
그 사실을 알고 인터뷰를 해서 그런지 몰라도,
정말 딱 방송작가라는 이미지가 느껴졌다.

웃기고 싶은 욕구를 잔뜩 품고,
남을 웃음을 짓게 하는 일을 보람으로 삼은
『TV를 끈 방송작가』의 김연지 작가와 이야기를 나누어보았다.

안녕하세요. 김연지 작가님.
자기소개 부탁드립니다.
남을 웃기는 것이 제일 좋고, 웃음이
우선가치에 있다고 생각하는
김연지라고 합니다. 방송작가이고,
예전에 예능 작가를 하다가 지금은
드라마 작가를 하고 있습니다.
2017년 가을에 『TV를 끈 방송작가』
출간을 시작으로 독립출판 작가
활동도 겸하고 있습니다.

방송작가는 어떻게 일하는지
궁금한데 살짝
들려주실 수 있을까요?
먼저 좋은 점을 말하자면, 보통의
직장인보다는 좀 더 재밌고,
다이나믹한 일이 많은 것 같아요.
'티비를 보는 것', '사람들의 이야기를
듣는 것'이런 것도 일이 될 수 있다는
점도요.
그리고 프리랜서이다 보니 이
프로그램이 끝나면 다음 프로그램을
하기 전까지 쉴 수 있고요. 동시에
안 좋은 점은 고용불안과 안정성의
부재…? 그리고 많은 것들이 있지만
살짝 들려드릴 수준이 아닌 것 같아
이쯤에서 마무리하겠습니다.

『TV를 끈 방송작가』는
어떻게 발간하시게 됐나요?
영화나 드라마는 작가가 자신이
하고 싶은 이야기를 기승전결 구조로
거의 다 표현할 수 있잖아요(물론
연출의 영역은 있지만요). 반면에
예능은 정해져 있는 구성이란 게
있고, 출연자의 개입 영역이 큰
분야이기도 해요. 그리고 철저히
팀플레이에요. 그래서 '나도 혼자서
온전히 창작해보고 싶다!'라는 갈증이
있었죠. 일하면서 생긴 스토리들이
쌓이면서 이것들을 의미 있게 남기고
싶다는 생각이 들었고, 혼자 일기로
쓰거나 SNS에 올리는 것보다 좀
더 멋진 방법이 없을까 생각하던
때에 독립출판을 알게 되었어요.
독립출판이라면 누구에게도
검열받지 않고, 내가 하고 싶은 말을
1부터 100까지 할 수 있겠다 싶어서
책을 내게 됐습니다.

독립출판을 하기 위해
따로 준비했던 게 있으신가요?
독립출판에 대해 아~무 것도
모르지만, 이왕이면 제대로 하고
싶어서 곧장 한 서점에 가서 책을
내고 싶단 얘기를 하고 클래스를

들었어요. 일하고 있을 때였고,
제가 뒷심이 부족하거든요. 그래서
속성 1대1 클래스를 듣고 단기간에
책을 냈어요. 사실 꼭 클래스를
안 듣더라도 의지만 있으면 할 수
있으니 본인에게 맞게 선택하시면 될
것 같아요.

책 만드는 과정에
어려움이 있으셨나요?
어려웠던 점은 딱히 없었어요. 뭘
몰라서 오히려 술술 책 출판까지
간 거 같아요. 굳이 조금 아쉬운

점을 꼽자면, 홍보 활동을 거의
하지 않은 거예요. SNS도 잘 안
하고, 왠지 프로그램명을 드러내는
게 조심스러워서 적극적으로
홍보하지 못했거든요. 근데 홍보가
많이 중요한 것 같아요. 이왕이면
많은 분이 읽어줬으면 하고 만든
책이니까요.

이 책을 재밌게 읽는
방법이 있다면요?
TV를 안 보시는 분들이 공감을 못
하면 어쩌나 걱정했지만, 의외로

제가 예상 못 한 포인트에서
공감해주시더라고요. TV를 안 보는
분들은 안 보는 대로의 공감이 있고,
TV를 즐겨보는 분들은 보는 대로의
공감이 또 있더라고요. 이 책을 통해
자신이 왜 TV를 안 보게 됐는지, 왜
즐겨보는지를 한번 생각해보시는
것도 재밌을 것 같아요.

**책 내용 중에 자영업 경험에
관해 쓰셨는데 실제로 느꼈던
자영업의 매력은 무엇인가요?**
나는 '이게 잘 팔리겠지'하고
내놨는데 의외의 것이 팔린다든가
하는 예측 불가성과 상품에 대한
피드백이 즉각적인 게 방송이랑
비슷해서 재미있고 매력 있었어요.

**<닭이 먼저 달걀이 먼저?>라는
글에서 재능과 인성에 대한 부분을
다뤘는데 우리나라의 이슈와
맞는 글인 것 같습니다. 작가님이
생각하는 재능과 인성의 우선순위는
무엇인가요?
그 두 가지를 독립적으로 봐야
할까요? 아니면 하나로 봐야 할까요?**
참 답을 내리기 어려운 부분인 거
같아요. 사람마다 가치관에 따라

뭐가 틀리고, 맞는 건 없는 것 같아요.
하지만 방송일이라는 게 단순히 물건
같은 걸 파는 게 아니라 누군가의
인생에 영향을 미칠 수 있는 문화를
전달하는 일이기 때문에 창작자의
인성을 전혀 무시할 수가 없다고
개인적으로 생각해요.

**〈맺음말〉에서 완성된 책을 보니
좋아하는 마음, 미운 마음이
널뛰기라 하셨는데 그렇게 표현하신
이유는 무엇인가요?**
이 바닥에 환멸을 느끼는 순간도
많았지만, 운이 좋게 좋은 사람들도
만나서 좋은 콘텐츠를 만들면서
재미와 성취감도 많이 느꼈어요.
늘 그 두 가지가 공존해서 그렇게
표현했어요.

**작가로서 추후 계획과 개인으로서의
추후 계획이 있다면요?**
작가로서는 누군가의 '인생 작품'을
만드는 거예요. 그게 예능이든,
드라마든, 영화든, 뮤지컬이든.
상관없어요. 그리고 자전적 성격의
극을 써보고 싶어요. 저를 닮았지만,
저보다 더 웃기고 따뜻하고 찌질한
캐릭터를 만들 거예요. 제 진짜

유머는 아직 TV에 제대로 나오지
않았습니다!
개인으로서는 계획보단 꿈에 가깝긴
한데, 언젠가는 작가와 배우를
겸하고 싶다는 거예요. 근데 이건
되든 안 되든 크게 상관없어요.
대본을 쓸 땐 이미 제가 그 역할이
되거든요.

66

예능과 드라마에서 땀 흘리고,
그 후 독립출판까지 산전수전 다 겪고 온 베테랑.
지금까지 자신의 모든 것을, 한 점 후회 없이
다 쏟아온 사람이 바로 김연지 작가라고 느껴졌다.

그러다 보니 뭔가 초연하고
초월적인 인상이라고 할까?
전력을 다한 레이스를 마친 뒤,
지금은 다 내려놓고 안정을 찾은 모습이었다.
그 이유에서인지 인터뷰가 아닌, 김연지 작가의
깨달음을 전해 듣는 수업 같이 느껴지기도 했다.

99

김연지 @yj8568

인스타그램 @yj8568

이메일 duswl8568@naver.com

· 2017년 1월 독립출판물 『TV를 끈 방송작가』 발간
· 2018년 10월 독립출판물 『당신의 도수』 발간

〈이상하게 예쁘단 말보다 웃기단 말이 더 좋다〉는 책 속 글에 공감해주는 독자를 만났을 때, 그때의 희열이 '방송작가 힘들겠어요'라는 응원을 들었을 때와는 사뭇 다른 걸 느꼈을 때, '아, 나는 방송 얘기가 아니라 내 얘기, 사람 얘기를 하고 싶어 하는구나'깨달았습니다.

그래서 내 얘기 중에서도 독보적이고 자신 있는 '술(못 마심)'에 대해 두 번째 책을 썼습니다.

어느덧 두 번째 드라마 보조작가를 하고, 습작을 하고, 소설을 읽으면서 또 깨닫습니다. '가장 경멸하는 것도 사람, 가장 사랑하는 것도 사람, 그 괴리 안에서 평생 살아갈 것이다'라는 소설 속 문장처럼 나도, 모든 사람을 사랑하고 이해하진 못하지만, 사람 이야기를 쓰고 나누고 싶은 사람이라는 것을 말입니다.

기쁜 일이든 나쁜 일이든,
간직하기 위해
특별하게 써 내려간 일상

이윤경

『보잘 것 있는 기록들』

인터뷰는 작품을 통해 해석하고 만나야 했던 작가를
실제로 '읽을 수 있는' 기회다.
작품만으로는 볼 수 없었던 면을 찾을 수 있는
시간이라고도 할 수 있다.
이윤경 작가를 만나기 전, 『남잘 것 있는 기록들』을 읽으면서 느낀
이미지는 자기 주관이 뚜렷하고,
멋지게 일하는 직장인이 떠올랐었다.

과연 실제로는 어떤 사람일지 호기심을 가득 안고,
『남잘 것 있는 기록들』의 저자,
이윤경 작가와 마주 앉아보았다.

자기소개 먼저 부탁드립니다.

『보잘 것 있는 기록들』의 저자인
이윤경이라고 합니다. 현재
로펌 비서로 근무하고 있고요.
옥탑방책방을 통해 독자분들께
인사드릴 수 있어서 기쁘네요.

책은 어떻게 출간하게 되셨나요?

일기 쓰는 걸 좋아했어요. 늦은
밤에 잔잔한 음악 틀어놓고 일기를
쓰는 시간이 저한테는 하루 중
가장 평온한 순간이더라고요.
맨얼굴에다 초췌한 츄리닝 차림으로
책상 앞에 앉아도 이때부터는 남들
눈치 볼 일도 없고 제가 하고 싶은
말을 맘대로 끄적일 수 있으니까
일종의 해방감 같은 걸 느꼈던 것
같아요. 그중 일부는 페이스북이나
카카오스토리에 올리기도 했는데
그걸 본 친구가 이 글들을 책으로
내보지 않겠냐고 제안한 적이
있었어요. 그때만 하더라도 책 낼
생각은 전혀 없었던 터라 별로
귀담아듣지 않았는데 솔직히
말하자면, 유명인도 아닌 어느
평범한 직장인의 일기를 누가 사서
읽겠냐는 생각이 들더라고요. 일기
속에 담겨있는 저의 일상이라든가
속마음을 내가 모르는 낯선 이들에게
공개한다는 것에 대한 부담감도
살짝 있었고요. 그래도 마음을
바꿔먹고 책을 내게 된 이유는 분명히
저한테는 의미 있는 경험이 될 거라는
생각 때문이었어요. 내 손으로 써
내려간 글들을 한 권의 책으로
엮어내는 과정에서 제가 느끼는
것들도 있을 테고, 책을 출간하고
나서 새롭게 겪게 될 일들에 대한
기대감이나 궁금증도 있었어요.
그러고 보니 제가 지금 이렇게
옥탑방책방에서 인터뷰를 하게
될 줄 누가 알았겠어요. 독립책방
사장님들과 입고 관련된 메일을
주고받는 일도 그전에는 상상조차
해보지 못 한 일이고요. 책을 내지
않았다면 경험하지 못했을 일들일
텐데, 아직까지 신기하기도 하고 퍽
재있어요.

**『보잘 것 있는 기록』에 대한
책 소개를 해주신다면요?**

저의 이십 대 후반에서 삼십 대
초반 사이에 썼던 글 중에서 유난히
애정이 가는 것들을 뽑아서 만든
책이에요. 보시면 알겠지만, 글들의
소재는 지극히 평범하고 단어나

문장들도 단순하고 쉬워요. 믿었던
사람에게 뒤통수를 맞고 난 후에
쓴 글이 있는데, 뒤통수를 맞은
직후에는 너무나 충격적이고 상처가
컸지만 돌이켜보면 어쩌면 나도
내가 기억하지 못하는 어떤 날에,
누군가의 뒤통수를 세게 때렸을 수도
있겠다는 생각이 들더라고요. 그
친구의 잘못을 용서한 것도 아니고

애써 그러고 싶은 마음도 없었는데,
그런 생각이 드니까 화가 조금씩
풀리는 듯했어요. 좋아하는 사람과
처음으로 손을 잡았을 때의 느낌을
써 내려간 글도 있는데, 그때 그
기분이 너무 설레고 행복하니까 이
상황을 어떻게 표현할지 생각하다가
마주 잡은 손안에 작은 꽃밭이
생겨난 것 같다고 적어낸 글도

있고요. 사실 일기라는 게, 기쁜
일이든 나쁜 일이든 결국은 오래오래
간직하고 싶으니까 쓰는 거잖아요.
평범한 일상들이긴 하지만 특별하게
기억해두고 싶어서 써 내려갔던
글들의 모음집이라고 보시면 될 것
같아요.

**작가님의 책은 어떤 독자에게
읽기 좋은 책이라 생각하시나요?**
독립출판물을 주로 찾으시는 분들이
2, 30대 여성이잖아요. 아기자기한
걸 좋아하시는 감성적인 분들일
거로 생각해요. 제가 쓴 글들도
대부분 소소하거나 감성적이라서
그런 취향을 가지신 여성들에게
좀 더 공감을 얻지 않을까 싶어요.
그리고 주로 산책하는 동안 본
것과 떠올랐던 생각들이 많이 책에
담겨있어서, 산책을 좋아하는 분들이
읽으시면 좋지 않을까 합니다.

독립출판의 매력은 무엇이 있을까요?
우선 생각보다 전국에 이렇게
많은 독립출판 서점들이 많을 줄
몰랐어요. 집에서 그리 멀지 않은
책방 몇 군데를 방문해봤는데, 진열된
책들을 쭉 훑어보니 정말 다양한

분들이 책을 내셨더라고요. 나이 지긋하신 할아버지가 아내를 위해 쓴 책도 있었고 퇴사 이후의 백수 생활에 대해 글을 써 내려간 분도 계셨는데 꽤 신선했어요. 무엇보다도 대형 서점의 베스트셀러 코너에서나 볼 수 있는 유명한 작가들은 사실 평범한 우리들과는 좀 멀게 느껴지는 게 있었는데 독립출판물 작가들은 평소 우리가 일상에서 볼 수 있는 사람들의 풀에서 크게 벗어나지 않고, 그래서 그런지 내용도 훨씬 더 친숙하게 느껴졌어요. 대부분 우리가 한 번쯤 경험해봤던 것들에 대해서 소소하게 풀어내더라고요. 그래서 공감이 더 잘 되고 반가운 마음도 들었어요. 요즘엔 고양이와 관련된 서적을 취급하는 책방이라든지 일러스트 서적 책방처럼 컨셉에 맞게 오픈하는 책방도 늘어나는 추세인 것 같던데 자기 취향에 맞게 독립책방 투어를 해보는 것도 재밌을 것 같아요.

〈틈〉이라는 시에서 '열쇠는 맹세코 딱 한 개만 만들어서 내 손에 꼭 쥐어 주겠다'라는 구절이 있잖아요. 왜 상대방에게 두 개가 아닌 하나만

주겠다고 표현하신 건가요?
연애를 하다 보면 가끔은 혼자 있고 싶을 때가 있잖아요. 특별한 이유가 있지 않더라도요. 저는 그런 마음을 모르는 척하고 억지로 참아가며 같이 지내는 거보다 잠시 서로 떨어져 지내는 것도 나쁘지 않다고 생각해요. 지금이야 이렇게 생각하지, 막상 실제상황이 된다면 그때 가서는 마음이 달라질지도 모르죠. 그만큼 쉬운 일은 아니니까요. 그런데 이제는 예전처럼 상대의 그런 말들에 서운해하기보다는 이해해 줄 수도 있을 것 같더라고요. 때로는 연인들도 자기만의 방이 필요하고 그 방에서 얼마나 머물지, 그리고 방에서 나온 후에 내게 다시 돌아올지 말지는 그 사람의 몫인 것 같아요. 그래서 〈틈〉이라는 시 속에서도 상대에게 열쇠를 하나 쥐어줄 테니 본인만의 방에 들어가서 그런 시간을 충분히 가지라고 얘기한 거고요. 열쇠를 두 개 만들지 않고 하나만 만들겠다고 한 것도, 저는 그 방에 들어가지 않겠다는 뜻이었어요. 여분의 열쇠를 제가 가지고 있으면 어느 순간 마음이 흔들려서 그 사람의 방에 침입할 수도 있잖아요.

그러지 못하도록 그 사람을 그냥
혼자 놔둘래요.

**〈바람소리〉에서 바람 소리를
온전히 글로 옮길 수 없는 답답함을
토로하셨는데, 실제로 표현이 막히실
때는 어떤 식으로 풀어내시나요?**
실제 그랬던 예를 들자면, 겨울에
산책하다가 밤하늘을 올려다봤는데
초승달이 너무 예쁜 거예요. 다른
계절의 초승달도 좋아하지만 제
눈에는 유독 겨울 밤하늘의 초승달이
더 빛나 보이더라고요. 그런데
그 이유를 표현하기가 무척이나
어려웠어요. 처음에는 이런저런
단어를 써가면서 비유를 해보려고
했는데 억지로 쥐어짜듯이 쓰려고
하니까 마음에 안 들더라고요. 이럴
때는 글 쓰는 것은 제쳐두고 유심히
사물만 쳐다봐요. 그렇게 오랫동안
구경하다 보면 운 좋게 어느 날 문득
자연스레 마음에 드는 문장이 떠오를
때가 있더라고요.

**작가로서 표현력을 높이기 위해
참고하시는 작가의 글이 있으신가요?**
『보통의 존재』『언제 들어도 좋은
말』이라는 책을 쓴 이석원 씨

좋아합니다. 이전에 언니네 이발소
소속 뮤지션으로 활동하셔서
유명하시죠. 두 책은 모두
산문집인데 글이 덤덤하면서도 뭔가
마음이 뭉클해지는 게 있더라고요.

**『보잘 것 있는 기록들』이라는
제목은 어떻게 지으셨나요?**
가끔 옛날에 썼던 일기를 들춰보곤
하는데요. 스물세 살 때쯤인가?
썼던 글을 오랜만에 다시 읽었어요.
봄이 한창이어서 대학 캠퍼스에도
꽃들이 만발했는데, 활짝 핀 꽃들
사이에서 유독 꽃 한 송이가
꽃잎도 작고 왠지 힘이 없어 보이는
거예요. 다른 꽃들과 똑같은 곳에서
자라고 있는데도 말이에요. 이 꽃을
바라보다가 퍼뜩 당시에 두려움
많고 미래에 대해 불안해하던 저와
닮았다는 생각이 들어서 그걸 글로
남겼고, 그 일기를 다시금 보면서
그때의 나와 지금의 내가 대화하는
느낌이 들었다고 해야 하나… 뭔가
과거의 글이 현재의 나에게 질문을
하는 것 같았어요. 그때의 나는
연약하고 겁이 많았었는데 지금은
좀 어때? 하고 안부를 물어보는
것처럼요. 왠지 모르게 마음이

짠해지더라고요. 예전 일기를
보면 잊고 있던 나의 여러 모습이
되살아나면서 내가 나를 위로하는
기분이 들어요. 그래서 그동안
썼던 일기들이 나에게는 보잘 것
'있는'기록이라는 생각이 들어
제목으로 하게 되었습니다.

책 만드는 워크숍에도
참여하셨는데 어떠셨어요?

생각보다 수업이 어렵지 않더라고요.
책 디자인을 위해 인디자인을
배우기도 했고요. 책 자체를 만드는
내용에 대해 아쉬움은 없는데, 편집
이후에 해야 할 일들에 대한 교육이
있으면 좋겠다는 생각을 했어요.
편집을 마치고 인쇄소에 맡기는 게
다가 아니에요. ISBN 발급이라던가,
홍보라던가 그 이후에도 할 일이
생각보다 많아요. 보통 독립출판물은
ISBN이 없는데 ISBN 발급을
하면 정식 출간물로 인정받을 수
있을뿐더러, 대형 서점에 입고하기
위해서는 꼭 필요한 절차더라고요.
제 책에 나름의 의미를 부여하고
싶기도 해서 ISBN을 발급하기로 하고
여기저기 블로그를 통해 알아보면서
나중에 발급을 받긴 했지만, 뒤늦게

알고 한 거라 그 때문에 출간이 더
늦어지긴 했어요. 이왕이면 책 만드는
교육 과정에서 이런 것들에 대해서도
알려주셨으면 좋겠다는 생각이
들었습니다.

책 만드시는 과정에서
부족한 점이 있으셨나요?

책을 홍보하는 방법에 대해 알고
싶어요. 저 같은 경우엔 편집 및
디자인 작업을 혼자서 하다 보니
온 신경이 거기에만 쓰여서 홍보를
어떻게 해야 할지 깊게 생각 못
했어요. 책을 출간하고 나서야
홍보를 시작하는 건 뒤늦은 감이
있더라고요. 책을 내고 아무런
활동도 없이 가만히 앉아있으면
누가 관심을 가져주겠어요. 저는
책 홍보 때문에 인스타그램도
시작하게 되었는데 이걸 어떻게
홍보에 활용해야 할지 여전히
고민 중이긴 해요. 요즘은 가끔
일상사진도 올리곤 하는데 이러다 책
홍보는 뒷전으로 밀리는 건 아닌지
모르겠어요. 아무튼, 결론적으로
홍보가 엄청 중요하다는 것을 새삼
느끼고 있습니다. 서점에만 전적으로
의지할 수는 없으니까요.

**출간 이후에 기억에 남는
에피소드가 있으신가요?**

책이 나온 후에, 홍보도 할 겸 책
몇 권을 매대 위에 슬쩍 올려두고
온 적이 있어요. 책 소개와
소감을 간단히 쓴 포스트잇을
안에다 붙여서요. 몇 분이 그
책을 발견하시고는 SNS를 통해
피드백을 보내주셨는데 얼마나
고마웠던지 몰라요. 하지만 결국
직원분에게 들켜서 '여기서 이러시면
안 됩니다'라는 말을 듣고 책을
회수해야만 했던 슬픈 일화가
있네요.

**마지막으로 『보잘 것 있는
기록들』이나 이 인터뷰를 읽을
분들에게 해주고 싶은 말이
있으시다면요?**

일기를 쓰면 제 생각을 정리할 수
있어서 좋기도 하지만 그보다도
하루를 다 마치고 홀가분한 마음으로
나를 마주할 수 있다는 게 참
좋았어요. 그 시간이 간절하니까
일기를 써왔던 것일지도 몰라요.
또 저한테 가장 솔직해질 수 있는
순간이기도 하고요. 그런 의미에서
오늘 하루 무작정 맘 가는 대로 일기

한 번 써보시는 건 어떨까요? 긴
인터뷰 글 읽어주셔서 감사드리고
책 제목을 인용해서 오늘도 보잘 것
"있는"하루 되시길 빌게요.

❝

책을 통해 느꼈던 '멋진 직장인'이라는 인상에,
인터뷰하며 기분 좋은 밝은 에너지가 더해졌던
이윤경 작가와의 만남이었다.
특히, 자신의 책을 매대 위에 슬쩍 두고 왔다는
유쾌한 이벤트가 기억에 남았다.

바쁘게 일하는 와중에도 글을 쓰고 있는 자신에 대한
만족감과 자부심이 전해져, 만나기 전이나
만난 후나 멋진 분이라는 건 달라지지 않았다.
인터뷰와 책을 통해, 여러분에게는 이윤경 작가가
어떻게 다가왔을지 궁금해지기도 했다.

❞

Follow

이윤경

이메일   sophia_bara@naver.com

· 2017년 9월 『보잘 것 있는 일기』 발간
· 그 이후, 조용히 평범하게 직장에 다니며 살고 있음
· 슬프게도 당분간 책 쓸 계획이 없음

옥탑방책방을 통해 오랜만에 인사를 드리네요. 출간 이후 저는 별다른 집필 활동은 하고 있지 않고, 대신 소소한 취미활동으로 대학로의 한 레스토랑에서 주말마다 노래를 부르고 있어요. 실은 어렸을 적 꿈이 가수여서 뒤늦게나마 자아실현(?)을 하고 있는데 나중에는 작사 공부도 해보고 싶어요. 벌써 2년이란 시간이 흘렀지만, 출간 경험은 저에게 있어 '한여름 밤의 꿈'과도 같았어요. 작가의 길을 걸으려고 책을 출간한 것은 아니고 그저 저의 버킷리스트 중 하나를 이루고 싶다는 생각으로 진행을 하게 된 것이었는데 너무나 재밌었던 기억이 많아요. 예전처럼 글을 꾸준히 쓰고 있진 않아서 아쉬운 마음도 들지만 성급하게 욕심내진 않으려고요. 지금은 이것저것 새로운 것을 시도하기보다는 현재 제가 하고있는 것들, 몸담고 있는 곳에 좀 더 집중해보려고 합니다. 그래도 여전히 글쓰기에 대한 갈망은 남아 있으니 나중에 또 글로 뵐 수 있는 날이 왔으면 더없이 좋겠네요. ^^

사랑하는 상대에게
하고 싶던 말이
과연 책이 될 수 있을까?

임충수

『이게 책이 될까 이걸 네가 볼까』

제목에서부터 '너'라는 상대방을 염두에 둔 게
느껴지는 책이다.
시집 『이게 책이 될까 이걸 네가 볼까』는 상대방에게 자신의
마음을 진솔하게 말하는 듯한 느낌이 든다.
특히 솔직한 마음을 시라는 형태로 표현하면서도
복잡하지 않고 자연스러워서 독자의 마음에
살살 스며드는 매력이 있다.
이렇게 편안하게 마음을 내비칠 수 있는 작가는 대체
어떤 사람일지 정말 만나보고 싶었다.

인터뷰를 따라가며 임충수 작가가 어떻게 시를 쓰고,
또 어떻게 독립출판을 하게 되었는지 들여다보자.

먼저 자기소개부터
부탁드리겠습니다.

저는 2018년 1월 초에 『이게
책이 될까 이걸 네가 볼까』라고
하는 작은 시집을 출판하게 된
작가 임충수라고 하고요. 본업은
공공기관에서 연구원으로 근무를
하고 있습니다.

시와는 전혀 상관이 없는 일을 하고
계시는데, 그럼 어떤 계기로
책을 쓰게 되신 건가요?

다른 독립출판작가분들과 비슷한
것 같아요. 우연히 독립서점에
들렀다가 독립출판에 빠져들게
된 거죠. 기성출판이 아니더라도,
전문적으로 배우지 않아도, 어떤
장르가 됐건 내 생각을 담아서
책을 낼 수 있다는 점이 마음에
들더라고요. 그렇게 호기심에서
시작해서 독립출판물을 읽다가
따라도 써보고, 비슷한 내용을
내 맛대로, 내 멋대로 조금
바꿔서도 써보고. 그렇게 쓰다
보니 나름 재미를 붙여서 쌓인
글을 짜깁기하고 합치다 보니 책이
됐네요.

그럼 예전부터
글을 쓰셨던 건 아니네요?

책을 위해서 쓰게 된 지는 사실
얼마 안 됐는데, 일기 형식으로 그냥
하루에 기억나는 문구들을 쓰게 된
건 2년 정도? 2년 조금 넘게 된 거
같아요.

첫 작품인 『이게 책이 될까
이걸 네가 볼까』에 대해서
소개해주시겠어요?

지극히 개인적인 책이에요. 제
개인적인 생각을 담아서 쓴
책이니까요. 물론 읽으시면서
공감하실 분들은 어떤 부분에
있어서 공감하실 거에요. 제가
살아오면서 남녀 간의 사랑, 제가
느꼈던 사랑, 이별, 그리움에 대한
감정을 제 나름대로 풀이를 해서
적은 시집입니다.

이 시집에서는 대상이 항상 나와요.
제가 주인공이 돼서, 너를 사랑하고
너와 헤어지고 너와 이별하고 너를
그리워하고. 이런 식으로 그 대상인
'네'가 나오죠. 너를 이렇게 사랑하고
그리워하면서 썼는데, 정작 내가 이
책을 볼까? 이렇게 일기 형식으로
썼는데 이게 진짜 책으로 나올 수

있을까? 이런 의문을 살려서 책
제목을 짓게 됐습니다. 그리고 조금
이중적인 의미가 있는데, 책 제목에
앞글자만 따면 '이.책.이.네'라고도
읽을 수 있거든요. 이 의도를
알아채시는 분들도 많았어요.

작가님 책에서는 '네'가 중요한
대상인 것 같은데, 이 '너'는
구체적인 인물이 있는 건가요?
아니면 가상인물을 설정하신
건가요?
가상인물은 아니고 사실 저를
지나쳐갔던 사랑의, 동경의 대상인
분들이 모두 포함될 수 있겠죠.

독립출판을 어디서 접하셨고,
그리고 독립출판으로 책을
내야지 마음을 먹었던 계기가
무엇이신가요?
천안의 '허송세월'이라는 조그만
서점을 지나가다 보고 신기해서
들어가게 됐어요. '술 맛있게 먹는
법', '술 게임'에 관한 책이 있기에
너무 재밌어서 한 권 사서 읽었죠.
그다음부터 독립서점을 자꾸
찾아봤어요. 집 근처에는 없나?
근처에는? 점점 더 멀리 대전에

'도어북스'같은 곳도 가보고요.
그렇게 흥미를 갖고 난 뒤, 일기
형식으로 쓰기 시작했어요. 3년
전부터는 하상욱 시인의 위트 있고
재밌는 짤막한 한 두 줄짜리 문구도
따라 쓰다가 제 식대로 바꿔도
보고. 그러다 주변 사람들에게
보여줬는데 생각보다 반응이 되게
좋더라고요. 아무래도 주변에서
누가 칭찬을 해주니 저 자신도
재미를 느꼈어요. 그다음부터는
인스타그램에 하나둘씩 올렸는데
거기도 반응이 좋았어요. 처음에는
누구를 보여주려고 올린 게 아니고,
손으로 적어놓는 것보다는 나을 것
같아서 기록에 목적을 두고 올렸던
거거든요. 그런데도 그게 퍼지고
호응이 있으니 책을 한 번 내볼까?
생각이 들었어요. 독립출판이라는
것 자체가 누구나 어떠한 주제를
가지고도 만들 수 있는 거니까, 주변
사람들에게 선물해보자 해서 책을
냈는데 결국엔 이렇게 판매까지
하게 됐네요.

주변 사람들이나 SNS에서
인기가 좋으셨으면 책도
잘 팔렸겠어요.

저도 출판을 해야지 결심하고 나서 가장 먼저 찾아봤던 게, 수익과 관련된 점이었어요. 어쨌든 출판을 하는 데 분명 쓰이는 비용이 있을 거고, 벌어들이는 수익이 있을 텐데 그게 얼마나 될지 궁금했어요. 인터넷에서 검색도 하고 독립서점 사장님들에게 물어도 보고했는데, 그중에 댓글 하나가 아직도 기억에 남아요. "책을 내고 본전을 찾았다면 큰 성공이다."라는 문구에 저도 엄청 공감되더라고요.

그렇죠. 본전이면 굉장한 성공이죠. 아무래도 독립출판물이 잘 팔리지는 않으니까요. 아시는 분들만 아시기도 하고. 지금도 관심 갖는 분들은 많지만, 더 많은 분이 알아주셨으면 좋겠네요.

저는 잘 팔렸겠다고 한 게, 작가님 책을 읽고 본래 직업이 시인인 분인가? 라고 생각할 정도였거든요. 그런데 문학 쪽과는 상관없는 일을 하고 계셨다니 신기하네요. 그럼 혹시 글 쓰는 강의나 교육을 들으신 적이 있나요? 부끄러운 이야기기는 한데,

지금 하는 일도 연구 쪽이고, 이공계 출신으로 항상 '내 꿈은 과학자다!'하고 살아오다 보니 책이랑은 별로 친하질 않았었거든요. 저한테 책이라고 하면 전공도서뿐이었어요. 그때 당시에는 인문학이나 시집은 제가 볼일이 없을 책이라 생각했었죠. 시간이 없다는 핑계로요. 그러다 독립출판에 관심을 가지면서부터 책을 읽기 시작했어요. 전문적으로 배워본 적은 없지만, 지금도 책이랑 친해지려고 노력을 많이 해요. 책은 항상 몸에 붙어 있어야 읽게 된다고 생각하거든요. 가방을 메고 다닐 때면 제 책 한두 권이랑 요새 읽는 책들은 꼭 넣어두어요. 그렇게 계속 틈틈이 읽으려고 해요. 앞으로도 지방에 있다 보니 배움의 기회가 많지 않더라고요. 수도권으로 보면 글쓰기 강의뿐만 아니라 인문학 강연 같은 것들도 앞으로 많이 찾아서 가보려고 해요. 이제는 확실히 관심이 있으니까요.

제가 느끼기에는 작가님의 시는 낯설지 않은 일상의 언어로

독자들의 감정을 움직인다는 느낌을 받았거든요. 이런 작가님만의 색을 갖기까지 어떤 노력이나 연습을 해오셨나요?

여기에 있는 모든 시는 한두 줄 펜으로 기록해놨다가 그 문장에 대해서 계속 생각하고 고쳐서 나온 것들이에요. 나중에 다시 보면서 내가 무슨 생각을 하면서 이걸 썼을까 고민도 하고요. 기본 주제는 바꾸지 않지만, 문장이 어렵거나 단어 뜻이 일반적으로 쓰지 않는 것들은 고쳤어요. 적어도 내가 쓰는 글만큼은, 길지 않아도 편하고 어색하지 않게 만들려고 노력했죠. 책이라는 건 결국 같이 읽고, 같이 이야기하는 데에 의미가 있으니까 최대한 일상의 언어로 쓰려고 했어요.

책을 만들면서 기억에 남는 에피소드가 있다면 들려주시겠어요?

이 책을 만드는 동안에도 새로운 사랑과 이별을 겪었어요. 그러니까 더 실감 나게 쓸 수 있던 것 같아요. 헤어졌는데 그걸 글로 써서 책을 냈다고 하면 상대방의 기분이 좀

그렇겠지만, 저는 그냥 한두 줄로 '아, 기분 별로다'라고 쓰기보다 지금 이 감정을 제대로 표현해보고 싶었어요. 내 진짜 기분은 이렇다고 쓴 거죠.

책을 읽으신 분들이 인스타그램 DM을 보내주실 때마다 재미있고 특이한 경험이구나 싶어요. 저는 아직도 책을 냈다는 실감이 잘 안 나는데, 작가님이라고 불러주시면서 너무 잘 읽었다고 해주실 때마다 정말 감사하죠. 자기는 시집 중에 어떤 시가 공감이 갔다고 들려주시니까 확실히 혼자 써서 간직하던 때보다 책을 내서 뿌듯하기도 하고 재밌는 점이 있네요.

솔직하고 진심 어린 시집이라는 생각이 들었어요. 예를 들면 〈거짓말〉이라는 시의 '그러다 성격까지 바꿔오면 어쩌려고 그래'라는 대목에서 그게 느껴졌거든요. 작가님의 진솔한 사랑의 태도가 전해진다고 해야 하나요? 그래서 독자분들이 그만큼 자연스레 시에 빠져드시나 봐요.

그 대사는 제가 실제로 들었던 말이기도 해요. 〈거짓말〉 말고도 헤어진 뒤에 계속 그리워하는 것을 솔직하게 그린 시가 많아요. 이런 모습을 보고 구차하다고 하기도 하는데, 이런 식으로 불쌍하게 그리워하는 경우도 많거든요. 제가 상대를 좋아해서 그럴 수도 있지, 꼭 불쌍해 보이면 안 되는 건가? 하는 마음으로 썼어요.

저도 글을 쓰는 사람으로서 작가님들을 만나면 꼭 드리는 질문이 있어요. '어디까지가 실제 경험이고 또 어디까지가 허구적 상상력일까?'라는 점이 항상 궁금하거든요. 작가님의 경우는 어떠세요?
제 시집에 있는 내용은 모두 제 경험을 통해서 얻은 생각이나 느낌을 표현한 내용이에요. 이 내용을 경험이야 당연히 100% 팩트지만, 그 경험을 통해서 얻은 느낌이나 감정은 팩트냐 픽션이냐 판단하는 게 조금 어려운 부분이 있습니다.

책을 만드시는 과정에서

좋았던 일도 있으셨지만 어려우셨던 점도 분명 있을 것 같아요.
아시다시피, 독립출판시장의 규모가 예전보다는 커지긴 했어도 여전히 힘든 부분이 있는 것 같아요. 저는 딱히 어디에 물어볼지도 몰라서 혼자 생각하다 발 벗고 나서서 만들게 됐어요. 어려운 점을 꼽자면 판매와 유통 쪽이에요. 어떤 식으로 어떻게 팔아야 할지. 팔려면 홍보가 되어야 하는데 그건 어떻게 해야 할지. 홍보 업체도 생각은 했었는데 비용이 상상을 초월하더라고요. 서점에 입고하는 책은 진열돼서 팔리겠지만, 내가 팔게 되면 어떻게 팔 것인지 하는 등 유통 관련 이 어려웠던 것 같아요. 한번 해봤으니까 이제 다음부터는 좀 수월해지겠죠.

독립출판의 매력은 무엇이라고 생각하세요?
굳이 전문적으로, 유명한 작가가 아니더라도 책을 낼 수 있다는 점이죠. 어떤 내용이든 장르에 구애받지 않고 만들 수 있다는 자유로움도 있고, 기성 출판사에서 내는 책들은 아무래도 기업이다 보니 이윤을 추구하고, 팔기 위한 책을 만들어야 해요. 하지만 독립출판은 '내가 이렇게 만들었으니까 읽어봐라', '난 내 책을 이렇게 만들었다'라는 점에 작가분들이 초점을 맞추실 수 있어서 다양한 책이 나올 수 있는 것 같아요. 그리고 책이라는 매체 자체가 이로운 점이 많잖아요. 작가와 독자가 만나는 소통의 창구가 될 수도 있고, 몰랐던 것을 배울 수 있는 배움의 장이 될 수도 있는 등의 순기능이 있죠. 이런 책의 순기능을 독립출판 특유의 자유로움을 가지고 더 살릴 수 있다고 생각합니다.

독립출판에 있어서 바라는 점이나 이렇게 해보면 더 좋지 않을까 하는 것이 있을까요?

제가 지금까지 책에 관심을 가지고 멀리 제주도까지 책방 여행을 다니면서, 확실히 최근 몇 년 동안 독립출판업계가 급성장했다는 느낌을 받았어요. 불과 2~3년까지만 해도 서울을 제외하곤 독립출판물을 다루는 책방을 찾아보기 어려웠으니까요. 독립 시집을

출판한 입장에서 볼 때 너무나 반가운 일입니다. 그런데 여러 책방의 사장님과 얘기하면서 느낀 점은 아직도 서점을 운영하는데 고충이 많으시더라고요. 결국엔 책방 수익과 관련된 문젠데, 최근에는 책방에서 단순히 책만을 판매하는 것이 아니라 독서 모임, 글쓰기 워크숍이나, 강연과 같이 다양한 행사를 함께 진행하고 있어요. 제가 바라는 점은 이런 것들이 전국적으로 확대되어서 독립출판을 알릴 수 있는 행사를 많이 진행했으면 좋겠습니다. 저도 물론 기회를 내서 꼭 참석하고 싶기도 하고요.

『이게 책이 될까 이걸 네가 볼까』를 읽을 때의 팁 또는 독자분들에게 하고 싶은 말이 있으신가요?

지인들에게 책 선물을 할 때나 책을 샀다고 연락 오신 분들에게 항상 드리는 이야기가 있어요. "잠들기 전에 책꽂이가 아닌 머리맡에 놓고 불 끄기 10분, 20분 전에 읽을 수 있는 책"이면 좋겠다고요. 문체를 화려하게 쓰기보다 조금 더 편하게, 일상에서 일어나는 일들을 가지고

풀어내고 싶었어요. 읽으시는 분이 최대한 편하게 읽을 수 있도록 노력을 많이 한 거 같아요. 책 사이즈도 작고 얇으니까 부담도 없고.

시를 읽다 보면 정말 작가님의 그런 의도가 느껴집니다. 편안한 매력을 스스로도 의도하셨고, 충분히 독자들도 느끼는 것 같아요. 그럼 마지막 질문으로 향후 계획은 어떻게 되시는지 궁금합니다!

정해진 거는 딱히 없어요. 일단 이 책의 재고가 아직 많이 남아있어서, 책을 열심히 팔아야죠. 다음이 나올지 안 나올지는 확실히 정해진 건 없지만 준비는 하고 있어요. 기록이 습관이자 취미이기 때문에 이런 것들이 또 쌓이면 다음 책으로 완성되겠죠? 기록은 단순한 메모가 될 수도 있지만, 하루를 돌아볼 수도 있고 감정을 남겨놓을 수 있기도 해요. 그래서 매일 조금씩 끼적이고 있거든요.

아, 그리고 이번 책이 팔리면서 다음 책을 막연하게 꿈꿀 때, 에세이, 산문집을 내보고 싶다고 생각하기도 했네요. 정해진 건 없어서 시집일지 산문집일지는 뚜껑을 열어봐야 알겠지만요.

"

글을 잘 쓰기 위해서 필요한 3가지가 있다.
바로 다독, 다작, 다상량이 바로 그것들이다.
나름대로 글을 쓰려는 사람이고 문예창작을 전공한
나도 잘 실천하지 못하고 있는 진리이기도 하다.

그런데 임충수 작가는 습관처럼
문장을 기록하면서 다작을.
또 그 쓴 문장을 가지고
끊임없이 생각하고 고치는 다상을.
그리고 항상 책을 가지고 다니려는
노력을 통한 다독까지.
어떻게 독자의 마음을 울릴 수 있는 시가 나올 수
있었는지 납득할 수밖에 없었다.

쓰기 시작한 지 얼마 안 됐더라도, 꼭 전공이나
전문적인 가르침이 없더라도, 좋은 시, 좋은 글을 쓸
수 있다는 훌륭한 모델이 바로 임충수 작가가 아닐까.

"

임충수

· 2018년 『이게 책이 될까 이걸 네가 볼까』 발간

나아갈 사랑을 찾고 있는지, 지난 사랑을 돌아보고 있는지 헷갈려하며 하루를 보내고 있는 사람.

평범한 사람이
특별한 여행을
떠나지 못하란 법은 없다

정유진

『함께여서 좋은 길, 부엔 까미노(BUEN CAMINO)』

여행은 삶의 활력을 되찾아주는 건전한 일탈이다.
특히 해외여행이라면 큰맘 먹고 한 번쯤은
가 보고 싶은 버킷리스트이기도 하다.
하지만 바쁜 일상에 쫓겨 틈을 내기는 쉽지 않고,
익숙하지 않은 외국으로 훌쩍 떠나는 일로
엄두가 잘 나지 않는다.

정유진 작가는 첫 해외여행부터 과감하게,
프랑스에서 스페인까지 800km나 되는
도보 순례를 다녀왔다고 한다.
그리고 그 여행을 책으로 엮은 것이 바로,
『함께여서 좋은 길, 부엔 까미노(BUEN CAMINO)』이다.

첫 여행부터 이렇게 도전적인 여행을 시작한
정유진 작가에 대해 알아보고자 한다.

자기소개와 책 소개를 부탁드립니다.

저는『함께여서 좋은 길, 부엔
까미노(BUEN CAMINO)』이라는
작품을 쓴 정유진이구요.
프로베짱이가 되고 싶은 꿈을 갖고
있습니다.
『함께여서 좋은 길, 부엔
까미노(BUEN CAMINO)』는 2015년
가을에 산티아고 순례길을 포함한,
주변 국가들을 여행하면서 썼던
일기를 가지고 만든 책입니다.
처음부터 책을 쓸 작정으로 여행을
간 건 아니었어요. 사진으로 풍경을
담을 수는 있지만, 사람들을 만난
기억까지는 남길 수 없더라고요.
그래서 그 기억을 일기에 담아
하나하나 쓰다 보니까 어느새 많은
기록이 됐고, 좋은 기회가 되어
책으로 만들게 되었습니다. 그렇게
이 노란 친구가 세상에 나오게
됐습니다.

**독립출판으로 책을 내신
계기가 있을까요?**

제가 부천에 사는데 가까운 곳에
독립서점 겸 카페 '오키로미터'가
있어요. 처음엔 카페로 갔다가 거기서
처음 독립출판에 대해 알게 되었어요.

독립출판이 되게 재밌더라고요. 원래
책 자체도 좋아했었거든요. 읽는 걸
좋아한다기보다 책이라는 물건이
가지고 있는 의미들이 있잖아요. 내
생각을 기록으로 남겨서 다른 사람과
나눈다는 그 자체로 책을 좋아해서
소장하고는 했었는데 거기서 만난
책들은 느낌이 달랐어요. 큰 서점에는
볼 수 없던 재밌는 책들이 많아서
언젠가는 내 책도 나오면 좋겠다고
막연히 생각했었어요. 그러다 작년에
퇴사하게 되면서 시간도 많이 생기고
마음이 이끌리는 일을 찾다 보니까
결국 책을 쓰게 된 것 같아요.

**여행 이후에 출판에 대해
생각하셨다면,
여행을 가셨던 목적은 무엇인가요?**

이 책에서의 여행이 저에게는 첫
번째 해외여행이었어요. 산티아고
순례길 하면 다른 사람들에게는
평생의 버킷리스트나, 은퇴하고 나서
인생을 돌아보기 위해 어르신들도
많이 오시거든요. 당시에 일
관련해서 어떤 큰 사건들을 겪었고
결과적으로 퇴사를 하게 되면서,
갑자기 시간과 돈이 생겼어요. 그때
주변에서 산티아고 순례길 가 보는

게 어떠냐는 말을 들었어요. 그 말에 마음을 먹고 비행기 타기까지 3주 정도 시간이 걸렸어요. 준비하는 시간도 짧았고요. 일부러 고생하고 몸을 힘들게 해서 스트레스를 잊어보자는 어떻게 보면 불순한 의도를 갖고 떠났던 건데, 도착하고 보니 처음부터 좋은 사람들을 많이 만나서 그냥 즐겁게 떠나온 여행처럼 55일을 보냈습니다.

처음에는 스트레스를 풀기 위해 떠나셨던 거니, 초기 목표를 달성했다고도 할 수 있겠네요.

잊고 싶은 게 있으면 잊으려고 애를 쓰잖아요. 그런데 그것도 에너지가 필요하다고 생각하거든요. 근데

여행하는 동안에는 에너지를 그런데 따로 쏟지 않았어요. 그냥 다른 것들이 너무 즐거워서.

산티아고 순례길은 원래 알고 계셨었나요? 아니면 주변에서 얘기를 듣고 그때 알게 되신 건가요?

원래 여행에 대한 동경은 있었어요. 내일로가 생긴 뒤에는 혼자 여행도 많이 다니고 했지만, 산티아고 순례길은 옛날부터 잘 알고 있던 여행지는 아니었어요. 근데 여행을 계획할 즈음에 많은 사람이 꿈꾸는 여행지라는 것을 알게 됐어요. 특히 우리나라 사람들은 퇴사 뒤에 많이 간다는 말을 얼핏 들었었죠. 같이 일하시던 분들도 가고 싶어

나만 빼고,. 독립출판 / 정유진

하는 분들이 많았고요. 그래서
다른 사람들의 꿈을 대신 이룬다는
느낌으로 가기도 한 것 같아요.

**저는 산티아고 순례길에 대해서
잘 몰랐거든요. 작가님의 느낌대로
소개해주실 수 있을까요?**
처음에는 제주도 올레길이 스페인
산티아고 순례길을 모티브 삼아서
만든 길이라고 들었어요. 풍경이
좋고 걷기 좋은 길을 누구나 다닐
수 있는 코스로 엮어놓은 곳이라는
정도로 알고 있었어요. 여행을
준비하면서, 예수님의 제자였던
사람이 선교를 위해 걸었던 길을
지금까지도 사람들이 따라서
걷고 있는 길이라고 하더라고요.
이 순례길은 여러 코스가 있는데,
스페인 서쪽의 산티아고 대성당을
향해서 가는 길이에요. 프랑스에서
가는 길, 포르투갈에서 가는 길,
그리고 유럽 안쪽에서도 많이
출발한다고 하더라고요. 제가 출발한
'프랑스길'은 우리나라 사람들도 많이
걷는 가장 대표적인 길이에요. 그리고
꼭 알려진 출발지가 아니더라도 그
훨씬 전부터 출발한 사람들도 많고,
정말 다양한 출발지에서 사람들이

오거든요. 그래서 출발점보다 중요한 게 노란색 화살표에요. 산티아고 순례길은 노란색 화살표를 보고 따라가는 길이라고 표현할 수도 있겠네요.

'순례'라는 단어 때문에 종교적인 느낌이 인상이 짙었는데 꼭 그런 곳은 아닌가 봐요.
저도 예비신자일 때 가긴 했지만, 종교를 떠나서 오는 분들이 더 많은 것 같아요. 제가 느낀 바로는. 실제로 여행 중에 많이 들었던 질문이기도 해요. 외국 분들은 머리 하얀 노부부들이 마지막 성지순례 느낌으로 오시는 경우가 많은데, 한국에서는 유독 젊은 사람들이 많이 찾다 보니 무슨 이유로 젊은 사람들이 많이 오는 거냐면서요. 요즘엔 인생을 돌아보고 정리하는 사색의 길이라는 의미에서 벗어나 단순히 여행이나 관광의 목적으로 가는 경우도 많아진 것 같아요. 특히 유럽여행치고는 경비가 저렴하게 드는 편이니까요.
무엇보다 요즘 한국의 젊은이들은 노년기 못지않게 많은 고민과 성찰의 시간이 필요한 세대잖아요. 그래서

그런 것이 아닐까 생각했지만, 한국의 젊은이를 대표해서 대답을 들려주지는 못했어요. 저는 스스로의 답도 못 찾고 있는데. 유럽 사람들이나 나이 드신 분들에게는 성지순례의 느낌이 강하고, 저희 또래한테는 800km 도보 순례라는 극복하고 싶은 과제가 주어진 코스라는 느낌이 아닐까요.

여행 스타일은 어떤 편이신가요? 예를 들어 저 같은 경우는 계획을 철저하게 짜고 출발하거든요.
저도 이 여행 전에는 철저히 준비하는 편이었어요. 주로 혼자 가다 보니 일정을 빡빡하게 짜서 여행을 떠나고는 했어요. 특히 내일로의 경우는 기차 시간이 정해져 있으니까 거기 맞춰서 분 단위로 계획을 세웠었어요. 내일로 7일 동안 9개 도시 돌 정도로 일정표를 만들어서 강박적일 정도로 맞춰가면서 다녔는데, 산티아고에서는 아무 의미 없거든요. 계획을 짠다고 해서 그대로 되는 것도 아니고, 내 몸이 못 가면 못 가는 거니까. 여러모로 저 자신을 많이 깨는 여행이었어요. 일단 철저하게 계획 세우는 스타일이

무너졌잖아요. 그냥 흘러가는
대로, 발길 닿는 대로 다니는 것도
괜찮구나 느끼게 됐어요.

**첫 해외여행부터 800km씩 걷는
여정이 굉장히 힘드셨을 텐데
체력관리를 따로 하셨나요?**
원래 체력이 엄청 좋거나 평소 걷기를
많이 하거나 그러지 않다 보니 가기
전에 주변에서 걱정을 많이 했어요.
편하게 관광지나 둘러보고 오라고도
하시고. 근데 저는 3주 만에 준비해서
떠나다 보니 걱정이나 조언의 말까지
신경 쓸 겨를이 없더라고요. 그냥
막연하게 괜찮을 것 같았어요. 내가
갈 수 있는 만큼만 가면 된다는
생각으로요.

일단 10kg 이상 되는 배낭을
메고 하루에 최소 20km이상을
걸어야 해요. 특히 첫날 첫 코스가
프랑스와 스페인 경계에 있는
피레네 산맥을 넘어야 했거든요.
그나마 짐은 차로 먼저 옮겨주는
서비스가 있어서 다행이었는데, 내
한 몸만 가지고 산을 넘는 것도 너무
힘들었어요. 8시간 정도 걸린다고
하는데 그건 현지인 기준이고요.
그 사람들은 슬리퍼에 주머니에
손 넣고 산책하듯이 다니거든요.
반면에 저희는 욕하고 낑낑거리며
고생고생해서 올랐어요. 새벽 일찍
출발했는데도 9시간 넘게 걸렸어요.
그렇게 죽을 것 같은 첫날을 겪고
나니까 남은 일정 동안은 그것보다

힘든 날은 없어서 걱정이 안 됐어요.
군이 건강관리라면 비타민이나
오메가3를 챙겨 먹기는 했는데 꼭
그것 때문에 버틴 건 아닌 것 같고요.

약을 챙겨 먹는 유일한 관리법이
효과가 없었나요?
효과는 있었어요. 여행 중에 감기
걸린 적은 없거든요. 그래도 꼭

그렇게 할 필요는 없는 것 같아요.
그냥 많이 움직이고 마음 편하게
있으면 절로 건강해질 것 같은
곳이거든요. 같이 걸었던 친구들은
자잘한 부상이 좀 있었어요.
심하면 병원 신세도 지고 고생을
했는데 저는 그렇게 크게 아프지는
않았어요.
대신에 베드버그라고 침대에

빈대 같은 벌레가 있어요. 그거에 물리면 수포가 생기고 엄청나게 가려워서 고생이라 들어서 그걸 피하려고 친구들과 함께 많은 노력을 기울였어요. 침낭에 좀약도 넣어놓고 2층 침대 있으면 무조건 2층에서만 자고. 그렇게 해도 결국 물렸거든요. 근데 걷는 동안에는 너무 힘드니까 가렵지도 않아요. 그러다 숙소 와서 잘 때쯤에는 미친 듯이 긁게 되고. 그리고 순례자들에게는 발에 물집 생기는 게 가장 난관이거든요. 그래서 물집 안 생기게 하는 법에 대해 수많은 정보가 있어요. 책이나 순례자 카페에 많이 나와 있어요. 저는 그중에 발가락 양말이 특효약인 것 같아요. 실제로 물집이 한 번도 안 생겼어요. 그래서 순례길 간다는 분들 만날 때마다 추천하고 있어요. 물집만 안 생겨도 편하게 걸을 수 있으니까.

같이 걸으셨다는 친구들은 거기서 만난 분들인가요?

첫날에 도착해서 만난 사람들이에요. 제가 파리에서 3일 정도 관광을 하고 순례길로 향했거든요. 순례가 시작되는 '생장'이라는 마을까지

테제베를 타고 들어가요. 근데 나중에 알고 보니까 다 똑같은 열차를 타고 왔던 거예요. 그 마을에서 나이도, 사는 곳도, 하는 일도 비슷한 2명의 친구를 만나게 됐어요. 무엇보다 게다가 걷는 속도도 비슷했고요. 그 비슷한 걸음으로 느릿하게 40일 동안 함께 순례길을 걸었고, 그 후에도 포르토라는 곳으로 여행을 가고 지금도 한국에서 같이 만나고는 해요.

이런 여행지에서의 인연에 대해 어떻게 생각하시나요?

저는 주로 혼자 여행하면서 다양한 사람들을 만나봐서 그런지 경계하거나 그런 단계는 지난 것 같아요. 내일로 다닐 때 만난 분들과도 연락하기도 하고요. 이렇게 요즘에는 연락하는 게 쉽잖아요. SNS로 간편하게 할 수 있으니까요. 순례길에서 만난 친구들이 더 특별한 건 힘든 여정을 함께 했기 때문인 것 같아요. 나중에 알게 된 이야기인데, 저는 기억 못 하지만 사실 그 친구들을 '생장'마을이 아니라 한 기차역에서 처음 만났었다고

하더라고요. 제가 기차역에서
티켓팅을 하는데 카드결제가 안 돼서
혼자 심각한 상황이 있었거든요.
그걸 보고 그 친구들이 먼저
다가와서 '한국분이신 거 같은데
같이 식사하고 이야기하지 않겠냐'고
물어봤었대요. 근데 제가 엄청 심각한
표정으로 대꾸도 안 했나 봐요.
저는 진짜 기억이 안 나요. 그래서
친구들이 '아 쟤는 한국 사람이랑 말
섞기 싫은가 보다'하고 그냥 갔다고
하더라고요. 친해지고 난 뒤에 그런
거 아니라고, 한국 사람이랑 말
섞기 싫은 게 어딨냐고 해명했더니
'넌 분명히 그때 유럽 사람이 말
걸었으면 웃으면서 대답했을
거야'라고 놀리더라고요.
아무래도 순례길이고 혼자 생각을
정리하는 길이다 보니 개인만의
시간을 즐기고 싶고 인연을
만드는 일에 에너지를 쏟고 싶지
않은 사람들도 있겠지만, 저는 이
친구들을 만나서 다행이었어요. 지금
생각해보면 그 친구들을 만나지
못했다면 혼자 중간에 포기하고
돌아왔을 수도 있어요. 그런데 함께
다니면서 외국 사람들이 저희를
Crazy one, two, three라고 부를

정도였어요. 그 힘든 길을 항상
신나게 웃으면서 다니는 걸 보고요.
이렇게 재밌고 행복하게 끝까지
걸을 수 있었던 이유는 진짜 좋은
친구들이 같이 있었기 때문이라고
생각해요.
그래서 책 제목도 고심해서 지을 때,
'함께'라는 말을 꼭 넣고 싶었어요.
저는 출국할 때는 혼자였지만
혼자 걸은 길이 아니었기 때문에,
함께해주는 사람이 있어서 끝까지
걸을 수 있었다는 의미를 담고
싶어서 '함께'라는 단어를 담아
'함께여서 좋은 길'이라는 제목을
짓게 됐어요.

**여행에서 아쉬웠던 점 또는 다음에
가면 해보고 싶은 것이 있으신가요?**
보통의 순례자들은 아침 해가 뜨기
전에 출발해서 보통 점심시간까지만
걸어요. 거기는 '씨에스타'라고
해서 낮잠 자는 시간이 있거든요.
공공기관이나 가게들도 다 쉬는
시간이에요. 보통 순례자들은
6~7시간 정도, 거리로는 20km에서
23~4km 정도를 걷고 마을에 도착해
구경도 하면서 느긋하게 휴식을
취하거든요. 그게 일반적인 일정인데

저희 같은 경우에는 걷는 것도
느리고, 쉬기도 많이 쉬고 먹기도
많이 먹다 보니 '씨에스타'가 끝나고
도착하는 경우가 많았어요. 숙소에
체크인하고, 빨래하고, 짐 정리하다
보면 금세 저녁 먹을 시간이 되니까
시간적인 여유가 없었어요. 순례길
위에 있는 도시마다 역사가 있고,
성당 같이 예쁜 건물도 많고 그렇게
마을마다 특색이 있는데 그런
것들을 시간에 쫓겨서 제대로 못 본
것 같아요. 그래서 다음에 간다고
하면 좀 덜 걷고 느리게 가더라도
충분히 여유를 갖고 마을을 구경하고
싶어요.

**책 만드는 이야기로 넘어와서,
여행기를 쓸 때 어떤 식으로
쓰셨나요? 여행기라는 포맷이
소설이나 시나 에세이와는 쓰는
과정이 좀 다를 것 같아서요.**
책 속의 이야기들은 여행 중의
하루하루를 자기 전에 일기처럼
인스타그램에 남긴 글들이에요.
아침에 일어나서부터 숙소에서
잠드는 그 순간까지 쭉 돌아보면서
그날에 있었던 일을 쭉 써
내려갔어요. 초반에는 한두 줄,

다섯 줄 정도였는데 만나는
사람이 많아지고, 기억하고 싶은
순간이 많아지니까 분량이 점점
길어지더라고요. 인스타그램에 글자
수 제한이 있다는 것도 그때 처음
알았어요.
사실 이렇게 기록을 하는 것에
대해 큰 의미는 두지 않았었거든요.
말씀드렸지만 처음부터 책을 내자는
의도도 없었고, 그냥 한국에 있는
지인들에게 '나 이렇게 잘 지내고
있다'고 알리는 느낌이었어요. 언젠가
이 여행을 돌이켜봤을 때 좀 더
생생하게 기억에 남지 않을까? 하는
것도 있었고요. 여행에서 돌아와
책을 쓰려고 마음을 먹고 읽어보니까
생각보다 글이 많은 거예요.
40일밖에 안 되는 여행인데 글이
많아봤자 얼마나 많겠어? 했었는데,
생각보다 너무 많아서 놀랐던 거죠.
그래서 처음에는 덜어내서 정리하고
싶었어요. 덜 중요한 내용은 빼기도
하고 책에 맞게 정리를 하려고
했는데, 아무리 읽어도 일부를 빼면
그 느낌이 안 사는 거예요. 이게 덜
중요한 얘기가 하나도 없더라고요.
단순히 빵과 커피를 사 먹은
이야기도 그날의 느낌을 전달하는데

꼭 필요하다고 생각했어요. 그리고 인스타그램에 올렸던 내용이다 보니 '할부지', '그랬나봉가'같이 구어적인 표현도 많은데 그걸 다듬어도 그 순간에 썼던 느낌이 안 들었어요. 독립출판이라고 하면 자유로운 표현이 매력이잖아요? 그래서 내용도 덜어내지 않고 그대로 담고, 문장도 최대한 날것 그대로 살려서 책으로 옮기게 됐어요.

여행기에서는 사진도 빼놓을 수 없는 요소잖아요. 사진은 어떻게 찍고 어떤 신경을 쓰셨었나요?

사진은 다 스마트폰 카메라로 찍은 사진들이고요. 짐을 최대한 줄이는 게 방침이었기 때문에 카메라는 들고 가지 않았어요. 괜찮은 사진을 보시고 무슨 카메라로 찍었냐고 물어보시는 분도 많았는데 제 대답은 "LG G3요."였어요. 스마트폰으로도 충분히 좋은 사진을 찍을 수 있더라고요.

사진을 찍을 때 군이 어떻게 찍어야겠다는 생각을 하지는 않아요. 그냥 내 눈에 보이는 대로 기억하고 싶은 장면을 담는다는 느낌으로 찍어요. 풍경 자체가 멋지다 보니 그걸 사진에 담으면 저절로 멋진 장면이 되는 것 같아요. 특하나 산티아고에서는 정말 배경화면으로 쓰일 법한 풍경들이 계속 펼쳐져서 어떻게 사진을 카메라를 들이대도 다 멋지게 나오더라고요. 그래서 보정도 크게 하지 않고 너무 쨍한 것만 색감을 죽이는 정도로 살짝 건드린 정도였어요.

국내여행도 많이 다니신 것 같은데, 해외여행과는 어떤 느낌이 차이가 있나요?

해외여행을 많이 하지 않아서 정확히 비교할 수 있을지는 모르겠지만, 그렇게 특별한 차이는 없었던 것 같아요. 다른 사람들은 느끼는 게 다르실 수도 있겠지만, 저 같은 경우는 국내 여행지도 충분히 낯설고 새로운 풍경들이었거든요. 눈에 보이는 건 특별히 다를 게 없지 않나 싶어요. 근데 그건 다른 것 같아요. 여행에서 만나는 사람들이요. 내일로나 제주도 여행을 가면 저와 비슷비슷한 사람을 만나게 되잖아요. 학생이라거나 휴일을 맞아 여행 온 사람처럼. 그래서 어느 정도 비슷한 점이 있다 보니 이야기 해봐도 공통되고 공감할만한 주제로 가볍게 나누는 대화가 많았어요. 근데 산티아고에서 만난 사람들은 국적도 다르고 나이도 다양해서 대화의 폭과 깊이가 달랐던 것 같아요. 첫날 첫 숙소에서 만났던 캐나다 부부가 있었어요. 점점 가까워져서 나중에는 '마마, 파파'라고 부를 정도로 친해진 분들이었는데요. 그분들은 만날 때마다 네가 얼마나 소중하고, 얼마나 아름답고 얼마나 대단한 사람인지 꼭 알아야 한다는 말을 계속 해주시는 거예요. 처음엔 그냥 인사치레로 하는 말이겠지 했는데, 반복되다 보니 진심으로 하는 말이더라고요. 이런 식으로 사람을 대하는 태도나 가치관이 각각 다른 사람들을 만날 수 있었던 것 같아요. 사람들의 개성을 정말 다양하게 겪어볼 수 있었던 거죠.

책을 만드는 동안이나 혹은 만든 후에 기억에 남는 에피소드에 대해 들려주세요.

저는 책을 아까 말했듯이 여행을 갔다 와서야 책을 만들고자 마음먹었어요. 인디자인도 배워서 조금 다룰 줄 알고, 여기저기서

주위들은 말로 독립출판이 대충 어떤 과정을 거쳐서 나오는지 알고는 있었는데 이게 실제 작업에 들어가기가 어렵더라고요. 나름 갖춰진 재료들이 있는데도 혼자서 하려니까 진행이 안 되는 거예요. 그렇게 미루고만 있다가 어느 날 독립출판 워크샵을 보게 됐어요. 정말 처음 시작하는 분들을 위한 워크샵이긴 했지만 제게는 5주안에 책을 만든다는 데드라인이 필요했어요. 그렇게 미루기만 하던 일을 그 5주란 시간 안에 해낼 수가 있었죠. 그리고 그 워크샵 안에 북콘서트가 포함되어 있었거든요. 북콘서트를 통해 제 책을 다른 분들에게 조금이나마 더 소개할 수 있었어요.

저는 책을 나고 나서도 끊임없이 일을 벌였던 것 같아요. 여름에 책이 나와서 가을에 소소시장에도 나가고, 그때 책으로만 만나던 작가님들을 실제로 보고, 관심을 보여주시는 독자분들과도 이야기 나누며 정말 즐거운 시간을 보냈어요. 겨울에는 책방에 입고를 위해 직접 돌아다니기도 했어요. 택배로 보낼 수도 있지만 '스몰포켓'이라는

팟캐스트에서 독립서점 사장님의
입장을 들었는데 아무래도
사장님들도 사람이다 보니 우편으로
온 책보다는 직접 입고하러 와서
이야기 나눈 작가분들의 책에 좀 더
신경 쓰게 될 수밖에 없다는 말이
기억에 남았었거든요. 제 책이 그렇게
대단한 책은 아니라고 생각해서
발로 승부해야겠다 싶었어요.
그때부터 가능한 한 서울/경기는
물론이고 지방까지 원정을 다니면서
가급적이면 직접 가서 뵙고 책을
드리려고 했어요. 35군데 중에서
25군데 이상은 직접 갔던 것 같아요.
그렇게 책방 사장님들을 만나면서
이런저런 이야기를 하다 보니 한 곳,
한 곳이 소중하고 뜻깊더라고요.
이렇게 힘든 와중에도 책을 위해
서점을 운영하고 작가분들의
책을 알리는 그런 열정과 마음이
고마웠어요. 제 책을 위해 공간을
내주신다는 게 감사하잖아요.

책을 만드는 과정에서
어려움을 겪지는 않으셨나요?

오래되고 느린 컴퓨터로 작업하느라
몇 배로 시간이 필요했어요.
인디자인이 좀 무거운 프로그램이다

보니 낡은 노트북이 소화 못 하고
버벅거릴 때가 많아서, 하나 해놓고
쉬었다고 또 하나 하고 했었죠.
2쇄 작업 때는 PC방에도 가봤는데
작업에 집중하느라 선불 시간을
체크 못 해서 6~7시간 작업한 내용을
고스란히 날리고 새로 시작해야 했던
적도 있었어요.
그리고 인쇄에 관련된 지식이
부족했던 것 같아요. 표지나 내지에
대해서 약긴 배우기는 했지만,
기초 수준만 알다 보니 인쇄소랑
실제로 일을 할 때 부족한 걸
많이 느꼈어요. 저는 배운 대로
작업을 했는데 그 이상으로 필요한
것들이 많다 보니까요. 얼마 전에
'인터프로인디고'에서 진행하시는
짤막한 인쇄 강의를 들어봤는데
'이렇게 간단한 것들을 몰라서 인쇄소
분들을 힘들게 했구나'하고 깨닫는
계기가 됐어요. 독립출판을 하려는
분들은 인쇄 관련 강의를 들으시면
도움이 많이 될 것 같아요.

독립출판의 매력은
무엇이라고 생각하시나요?

독립출판의 매력은 '누구나 할
수 있다'는 것이죠. 대형서점에서

책 냄새 맡고 책 구경하는 것도
좋아했지만 독립서점을 다니고 난
뒤부터 큰 서점은 재미가 없더라고요.
비약일 수도 있지만, 일반 서점에는
뻔하고 거기서 거기인 책들만 있다면,
출판은 '이런 게 책으로 나와?'싶을
정도로 허를 찌르는, 충격적인 책들이
많아서 그게 매력적인 것 같아요.
기성 출판사와는 달리 작가한테 더
많은 재량권이 있고, 자기 생각대로
해볼 수 있는 독창적이고 신선한
시도들이 독립출판의 매력인 것
같아요.

**독립출판에 대한 바라는 점이
있다면?**
최근에 곳곳에 많은 독립서점이

생겨나고 있는 것이 무척 반가워요.
각각의 고유한 색과 분위기를 잘
담아내는 멋진 공간들이 더 많이
생겨나고, 더 많은 사람이 저와
같이 독립출판의 신선함과 매력을
알아갔으면 하는 바람이에요.
또 계속해서 재미있는 책들이 많이
나왔으면 좋겠어요. 기성 출판사에서
낼 수 없는 그런 책들이. 꼭 돈이 되지
않더라도 재미있는 일 하고 사람들이
더 행복하게 살 수 있었으면
좋겠어요. '내 책 만들기'라는 꿈을 먼
미래의 일로 미뤄두지 말고, 누구나
즐겁게 도전해보셨으면 좋겠고요.

**작가님의 책은 어떻게 접근하면
더 재미있게 읽을 수 있을까요?**

작가로서 이런 것에 대해 생각해본 적이 없었어요. 어떤 서점 사장님이 같은 질문을 하시면서 해주신 말씀이 있어요. 서점에 오시는 분 중에 산티아고 책들이 무거운 글로만 쓰여있거나 사진으로만 이루어져 있다 보니, 가벼운 글과 사진이 같이 어우러진 책이 있으면 좋겠다고 하신 분이 있다고요. 그런 분들에게는 제 책이 좀 더 가볍게 친근하게 만나실 수 있지 않겠나 싶었어요.

그리고 책 내고 얼마 안 됐을 때, 인스타그램 DM으로 한 독자분이 연락을 주신 적이 있었어요. 그분이 주로 접하셨던 산티아고 순례길에 대한 글은 엄청난 인생의 전환점이 된다거나, 큰 깨달음을 얻어서 삶이 180도 바뀐다거나 정말 새사람으로 살아가는 그런 내용이 많았다고 해요. 그런 글은 좀 무겁게 느껴지기도 하고 그런 부담스러움이 좀 있었는데, 제 책은 친근하고 가볍게 느껴지셨다는 말씀을 하시더라고요.

저조차도 제 책의 매력이 뭔지 몰랐지만, 그렇게 사장님과 독자분의 말을 듣고 나니까 알게 됐어요. 산티아고 순례길도 평범한 사람이 편하게 여행했던 가벼운 곳일 수 있다는 느낌으로, 친구가 쓴 일기 엿보는 느낌으로 봐주셨으면 좋을 것 같아요.

작가님이 책을 만들 때 추구하시는 가치는 무엇인가요?

우리나라에서 잘 팔리는 책들은 자기계발서가 많잖아요. 이 책을 읽으면 당신은 변화되어야만 하고, 새로운 습관을 들여야만 하고, 책을 통해서 뭔가 대단한 일을 해내야만 하는 미션을 주는 느낌이에요. 나는 그저 책을 읽고 싶은 건데 무거운 숙제나 풀어야 할 과제를 받은 것처럼요. 저는 꼭 그런 게 아니더라도 책을 읽는 순간만이라도 이완돼서 편안했으면 좋겠어요. 회사나 학교나 다 긴장의 연속이잖아요 일상이. 사람들이 책을 읽는 순간만이라도 편했으면 좋겠어요.

또 제가 독립출판을 좋아하는 이유 중의 하나는, 그 책을 만든 사람이 보이는 것 같아요. 글을 읽으면서 상상했던 사람을 실제로 만나면 되게 재밌어요. 그 사람이 더 잘 묻어있고 잘 보이는 책들이 많이 나오고

있지만, 앞으로도 더 많이 나오면
좋겠네요. 사회생활 하면서 만나는
사람들은 필요에 의해서 만나고
깊이가 없는 관계들이 많잖아요.
그런데 작가분들의 책을 읽었을 때
그 사람의 깊은, 세심한 부분까지
이해할 수 있었다고 생각하거든요.
이런 식으로 책이라는 매체를 통해서
사람들의 관계가 더 따뜻해지면 좋지
않을까 생각했습니다.

향후 계획도 궁금합니다!
사실 지금은 원래 하던 일로
돌아갈지, 어떤 새로운 일을 하게
될지 아직 정해진 상태는 아니고,
조금 긴 갭 이어(Gap year)를 보내는
중이에요. 조만간 또 제 가슴이 뛰게
하는 일을 찾아서 해보고 싶어요.
당장 하는 일 중에서는 독립출판
클래스 강사로서 수강생들의
독립출판을 돕는 일이 굉장히
재미있더라고요. 독립출판을
준비하시는 분들에게 제 경험을
바탕으로 유통이나 플리마켓 참가,
굿즈 제작 등에 대한 정보를 나누고,
도와드리는 일이에요. 사람들이
일상에 치일 때는 빡빡하고,
딱딱해 보이는데, 책을 만들러

오는 순간만큼은 꿈꾸던 일을 하는
순간이잖아요. 바쁜 와중이고 과제도
많은데도 정말 행복해하시더라고요.
꿈꾸던 일을 하는 자체만으로도
사람을 즐겁게 하는 게 있는 것
같아요. 사실 저는 매주 참여하지
않아도 되지만, 그분들의 그런
에너지를 만나니까 일부러 매일
나가게 되더라고요. 제가 많은 것을
도와드리는 건 아니지만 같이 시간을
보내고 나서 그분들의 책이 세상에
나오면 제 책이 나왔을 때만큼
기분이 좋고 재미가 있더라고요. 이런
출판 워크숍은 앞으로도 계속하게 될
것 같고 꼭 제 책을 내지 않더라도
제가 도와드린 책들이 세상에 계속
나오고 좀 더 많이 알려지고 할 수
있도록 같이 일을 하게 될 것 같아요.

❝

"외국어를 할 줄 아는 것도, 걷기에 흥미가 있는 것도,
움직이는 것에 자신이 있는 것도 아니었다.
배낭 하나와 사람 하나, 일단 떠났다."
여행을 가는데 특별한 자질이나
이유가 필요한 건 아니다.
정유진 작가님을 통해서 "일단 떠나면 된다"는
여행의 진리를 다시금 알게 된 계기였다.
나 또한 해외에 나간 경험이 적고, 특히 유럽여행에
대해서는 전혀 몰랐음에도 정유진 작가와 이야기를
나누다 보니 흥미와 호기심이 샘솟았던 인터뷰였다.

당신이 가슴 속 버킷리스트에
담아두었던 여행지는 어디인가?
주저하고 있었다면, 정유진 작가의 용기를 보고
다시 한번 꺼내 보는 것도,
올해 새로운 목표가 되지 않을까.

❞

정유진 @yololay_0.o

인스타그램 @yololay_0.o

- 2015년 10~11월 산티아고 순례길 완주
- 2017년 7월 여행 에세이『함께여서 좋은 길, BUEN CAMINO』발간
- 2017년 7월 여행에미치다 라운지 북토크
- 2017년 9~10월 세종예술시장 소소 참가
- 2018년 1~7월 캐주얼 출판 플랫폼 독립출판 클래스 강사
- 2018년 2월 노마드로그 관심총회 북토크
- 2018년 5월 옥탑방책방 인터뷰, 책방 티움 북토크
- 2018년 7월 KT&G상상마당 독립출판물 전시형 마켓 'MY COLLECTION'참가
- 2018년 8월 공간291-함께하는 사진전 'BUEN CAMINO'참가 및 도록『모두의 산티아고』발간
- 2018년 8월 카페 알베르게 독립출판 클래스 강사
- 2018년 11월 서울여대 인터뷰
- 2018년 12월 A-table 독립출판물『일의 의미 - 충만한 일을 찾는 여정의 기록』인터뷰
- 2019년 5월 미래직업연구소 북토크

· 2017년~2018년 전국 30여 개 독립서점 입고여행
· 두 번째 책을 꿈꾸며 오늘도 사부작사부작 문서편집 스킬을 쌓고 있는 프로 베짱이
· 경기도의 한 특수학교에서 특수교사로 일하며, 사랑스러운 학생들과 함께 반짝반
  짝 빛나는 젊은 날들을 보내는 중
· 다가올 미래에 어디에서 무슨 일을 하고 있을지— 알 수 없음!

사랑에 푹 빠져 힘든 줄도 모르고 행복하게 일했던 첫 번째 직장을 떠난 후, 산티아
고에서 새로운 에너지를 얻었고, 다시 가슴 뛰는 일을 찾기 위해 저만의 긴 방학을
보냈습니다.
2년여의 시간을 깨알같이 보낸 후, 2018년 초부터 현재 직장에서 일하기 시작했
어요. 내가 가장 행복하게 지냈던 장면 속으로 다시 돌아왔습니다. 환경은 달라졌
지만, 본질은 같은 그 자리로요. 한 특수학교에서 발달장애 학생들과 함께 지내는
특수교사로 일하고 있습니다.
독립출판 작가로서의 활발한 활동은 잠시 주춤하고 있지만… 언제가 될지 모를,
어떤 이야기가 담길지 모를 두 번째 책의 출간을 꿈꾸며, 오늘도 허투루 지나칠 수
없는 감동과 여운이 가득한 하루하루를 살고 있습니다. 끝나지 않은 나의 길은 어
디로든 향할 수 있음을 기대하면서요.
글을 통해 저를 만나주신 여러분께도 늘 좋은 길이 기다리길 바라요, BUEN
CAMINO!

한 장 한 장에
마음을 심는
그림책의 정원사

정지우

『나의 가시』

사람은 누구나 저마다의 아픔을 가지고 있다.

그걸 어떻게 해야 할지로 모르겠고,

일상이 바쁘다 보니 그저 참거나

모른 척한 채로 살아가는 경우가 많다.

고통에 익숙해져 가는 하루하루 속에서

"마음속의 가시 선인장을 꺼내놓으라"는 말이

위안으로 다가올 수밖에 없었다.

선인장을 가슴에 감춰두기만 하면 아무 쓸모도 없고,

자기 자신만 가시에 찔릴 뿐이다.

하지만 밖으로 꺼내놓는다면 찔릴 일로 없고, 지나가는 사람들이

예쁘게 봐줄 수로 있지 않을까?

사람들이 마음의 선인장을 꺼내어 가꾸게 만드는

마음의 정원사, 정지우 작가를 만나봤다.

**처음은 자기소개부터
부탁드리겠습니다.**

그림책을 독립출판으로 만들고 있는
정지우라고 합니다. 사람들 마음을
따뜻하게 위로할 수 있는 그림책을
만들고 싶어서, 그림을 그리고 있고,
현재 대학원에서 미술치료학을
공부하고 있습니다. 책이나 제품에
들어가는 일러스트를 외주로 하고
있고요.

**독립출판으로
책을 낸 계기가 무엇인가요?**

원래 연남동에 있었던
'피노키오'책방에 가서 그림책
보는 것을 좋아했었어요. 그러다
'헬로인디북스'도 생기고 다양한
독립출판물을 접하다 보니 '나도
독립출판으로 그림책을 만들고
싶다'는 생각이 자연스레 들게
됐어요. 그림책 샘플 만드는 걸
좋아했었거든요.
제가 그림일기 그리는 것도
좋아하는데, 거기에 선인장이 많이
등장하더라고요. 저 자신이나
누군가를 위로할 수 있는 그림 중의
하나이기도 하고요. 그리고 제가
만들던 그림책 샘플을 주변 친구들이

보고 어른 동화 같다는 말을 많이 해줬어요. 그래서 많은 사람이 만족할 수는 없더라도 힘들어하는 사람을 조금이라도 위로할 수 있는 책을 만들자고 생각했어요.

『나의 가시』는 어떤 책인지 소개해주시겠어요? 생각 중이신 차기작도 있으시면 함께 이야기해주셔도 됩니다.
누구나 아픔이 있다는 걸 '선인장 가시'로 표현하고 싶었어요. 아픔을 외면하거나 모른 척하고 웃으면서 지낼 수도 있지만, 어느 순간에는

그게 툭 건드려지면 감당하지 못할 수준이 되더라고요. 저 또한 그랬었고요. 그래서 아픔을 마주하고, 선인장에서 꽃을 피우듯 잘 이겨냈으면 좋겠다는, 어떻게 보면 저의 바람이 담겨있는 책입니다. 제가 〈탱탱볼〉로 하려고 하고 있거든요, 다음 책. 아픔을 이겨내서 꽃을 피워냈다면 그다음에는 앞으로 잘 딛고 나아갈 수 있는 내용을 그리고 싶었어요. 『나의 가시』를 끝내자마자. 지금은 하는 일이 많아서 당장은 힘들지만, 꼭 또 만들고 싶어요.

누군가 위로할 수 있으면서,
저도 위로할 수 있는 건 결국 저
자신이더라고요. 이 책에 이어서 다음
책 역시 그렇게 작업하고 싶습니다.

작품마다 메시지가
이어지는 느낌이 들어서 좋네요,
제가 낙서하거나 그림일기에서
그렸던 것들의 메시지가 비슷한
것 같아요. 그때 남겨놨던 한 컷의
그림이 책이 되는 경우가 많거든요.
〈탱탱볼〉도 탱탱 튀면서 아프더라도
끝까지 잘 굴러갔으면 좋겠다, 딛고
튀어 오를 수 있으면 좋겠다는
마음을 담은 그림에서 시작했어요.
이렇게 책을 만들 때 제목이랑
표지부터 정해놓고 시작하는

편이에요, 대신 내용을 그리고
수정하는 데 공들이다 보니 시간이
걸리는 타입이고요.

글도 퇴고가 있는데
그림도 퇴고라고 해야 할까요?
이것 역시 시간이 오래 걸리겠어요
사실 가장 오래 걸리기는 하죠. 꽉
채워서 내용을 설명하는 그림책은
아니니까요. 『나의 가시』도, 딱 봤을
때 어떤 느낌인가도 중요하지만,
제가 한 장 한 장 그릴 때 마음이
들어가는 게 중요하거든요. 그러다
보니까 질감이나 색감 등 여러
면에서 수정작업이 꽤 오래 걸렸던
것 같아요. 스토리도 자연스럽게
이어지지 않으면 계속 수정을 하고

해야 하니까요.

**"한 장 한 장에 마음을 담는다"는
표현이 와 닿네요.
그림『나의 가시』라는 이야기를
그리실 때는 어떤 심정이나
기분이셨는지 궁금합니다.**

기분이 좋을 때 그리면 좋겠지만,
저는 기분이 안 좋을 때 그림을
더 많이 그리게 되었던 것 같아요.
종이에 제 마음을 담아냈을 때
기분이 더 나아져요. 그렇게 한
장 한 장 마음을 담아가다 보니
마지막 페이지까지 완성하는 게

쉽지 않았어요. 마지막을 그리고
나면 좋아져야 하니까요, 제
마음이. 그리는 동안에도 힘들었던
제가 떠오르기도 하고 해서요.
정말 그림을 통해서 한번 극복을
해보자는 생각이 강했어요. 결국,
마지막 페이지는 친구랑 제주도
선인장 마을에서 사진을 찍고
여행하면서 완성했어요. 그때의 기분
좋았던 감정을 담아서. 이렇게 제가
극복하기 위해서 그림을 그린 것
같아요. 이 그림책을 만들 때도.

메시지는 확실하면서도

나만 빼고.. 독립출판 / 정지우

**독자들이 자기 나름대로
해석할 여지를 일부러 많이
남겨주셨더라고요.**
왜냐면 사람마다 아픔이 다
다르니까, 특정한 아픔에 대해
표현하지 않고 읽는 사람마다
각자 다 다른 상황을 그리면서
극복하셨으면 했어요. 이 책을
보면서, '그래, 나한테도 꽃이 필
수 있다'라는 희망을 주고 싶기도
했고, 아픔이 오는 상황이 다 르다
보니까, '이렇게 아프니까 이런
식으로 극복해'라는 방향을 주고
싶지는 않았어요. 사람마다 잠시
자기 자신의 아픔을 돌아볼 수 있게
하고 싶었기 때문에, 그런 생각의
여백을 많이 남겨둔 그림책이죠.

**저한테 기억에 남았던 그림 중의
하나가 '선인장 상징(로고)'였는데요.
이 로고를 디자인하는데 많은
시행착오가 있을 것 같아요.**
사실 많이 어려웠어요. 가시를
상징하면서도 꽃이 피어나는 것까지
포함해서 그림이 아니라 도형으로
상징적인 의미를 전달하고 싶었어요.
그러다 보니 디테일한 부분까지
고민을 하게 되더라고요. 가시나

꽃잎의 개수는 몇 개로 할지, 아니면 아예 넣을지 말지. 그래서 샘플을 여럿 인쇄해 가며 실제로 넘길 때의 느낌까지 일일이 확인했어요. 덕분에 이것만 봐도 '가시에서 꽃이 피어났다'는 걸 알 수 있는 상징이 만들어진 것 같아요.

상징 이야기가 나온 김에, 『나의 가시』 속에 등장하는 파랑새를 빼놓을 수 없겠죠?
이 새의 역할이나 의미에 대해서 물어보시는 분도 많았어요. 일단 '힘들 때 누군가 옆에 있어 줬으면 좋겠다'는 생각으로 그렸어요. '힘내'라는 다른 사람의 격려가 잘 들어오지는 않잖아요. 너무너무 힘든 순간에는. 내가 딛고 일어설 때까지 옆에서 조용히 기다려줄 수 있는 사람이 있다면 좀 더 잘 극복해낼 수 있겠다는 생각이 들었어요. 그래서 사람이 직접 있는 것보다 좀 더 자유롭게 날 수 있는 새가 옆에 있는 그림을 고르게 됐어요. 언제든지 날아가 버릴 수도 있지만, 계속 옆에서 지켜봐 주는 거예요. 책을 보시면 날고 있는 모습은 없거든요, 옆에서 계속 지켜봐 주는 거죠, 잘 오고 있는지.
처음에는 이렇게 설명해 드렸었는데, 자꾸 저도 제 그림책을 다시 보게 되면서 그런 건가? 옆에 나도 누군가 있어서 지켜봐 줬으면 더 잘 이겨낼 수 있는 건가? 이 새가 그런 역할을

하는 건가? 라고 질문을 계속하게
됐어요. 그러다 최근에 다르게 생각한
건, 자기 자신이 아닌가 싶었어요,
이 새가. 내가 가장 힘든 순간이나
극복하는 순간 모두 누가 옆에 있는
경우보다는 그걸 바라보는 사람이
내 자신밖에 없을 때가 더 많잖아요.
힘든 것도 이겨내는 것도 결국 내가
해야 하는 일이니까요. 그래서 새를
나 자신이라고도 할 수 있는 것
같아요.

**『나의 가시』는 아픈 마음을 가진
사람들을 위한 이야기잖아요.
그렇다면 작가님의 '아픈 마음'은
어떤 게 있나요?**
제 '아픈 마음'에 대해 이야기하기
전에, 저는 어릴 때부터 말보다
그림을 그려서 표현하고는 했어요.

내가 힘들 때 그려놓고 나서 '아, 내가
이렇게 힘들구나'라는 걸 알 수 있는
지표로서요.
초등학교 때는 굉장히 튼튼하고
뛰어놀기도 좋아했는데, 갑자기
알 수 없는 이유로 허리가 아파서
건강이 매우 안 좋아졌어요. 그때는
숨을 제대로 쉬고 뛰어다닐 수
있는 사람들이 부러웠어요. 근데
성격이 아파도 티 안 내고 밝게 웃는
편이거든요. 그러다 보니까 계속
그렇게 안에 쌓아가며 살았던 거죠,
그런 아픔들을. 그래서 제 마음
자체를 새장으로 많이 그렸던 것
같아요. 통증이 찾아올 때마다 그
아픔은 가시로 표현을 하고요.
지금은 오히려 운동을 많이 할
수 있을 만큼 좋아졌어요. 그때는
너무 힘들었지만, 지금도 사실 계속

신경 써야 하지만, 저는 저 자신이
극복해나간다고 생각하거든요.
'나는 이것도 어차피 이겨낼 거니까.
지금도 살아있고, 또 아프면 내가
고치면 되니까'라는 마음으로요.
그래도 그렇게 힘들었던 시기들이 늘
남아왔던 것 같아요. 저는 그런 힘든
일이 막 몰아쳤을 때도 외면하고
살았기 때문에, 밝은 사람들을
봐도 왠지 '그 사람만의 아픔이
뭔가 있을 거야'라고 생각을 하게
됐어요. 그래서 힘든 사람들한테
도움을 주고 싶기도 하고, 앞으로도
계속 도우면서 살고 싶었어요. 제가
힘들어 봤기도 했으니까요. 그래서
이걸 읽는 사람이 자신의 아픔을 잘
딛고 일어섰으면, 밝게 희망을 품고
살았으면 하는 바람을 담아서 책을
완성했어요. 단 몇 명이라도 희망을
가지고 살 수 있으면 그게 되게
보람된 일이라고 생각이 들거든요.
이런 이야기를 하게 된 건
처음이에요. 저만의 가시가 어떤
거냐고 물어보시는 분은 없었거든요.
'굳이 내가 이렇게 힘들었어, 내가
이런 아픔이 있었어'라고 말한 적이
별로 없어요. 힘든 순간을 너무
많이 겪다 보니까 다른 사람들이랑

있을 때는 즐거운 얘기를 많이 하고
싶었거든요. 그리고 '내가 이러이러한
슬픔이 있었어'라고 하면 왠지 그
아픔을 겪은 사람들만 공감해야 할
그림책이 될 것 같아서 이런 내용을
말하지는 않았어요. 책을 낸 지 거의
1년이 되어가는데도요.

『나의 가시』에 나오는 "누구나
다 가시가 있다"라는 말을 듣고,
작가님은 어떤 가시를 가지고 계실까
궁금해서 질문드렸던 건데 이렇게
깊은 이야기까지 나오게 됐네요.
솔직하게 말씀을 드리다 보니까
그런 것 같아요. 언제까지나
드러내지 않고 있을 필요는 없지만,
나중에 책도 더 내고, 북토크를
하게 되면 거기서 더 이야기할 수
있을 것 같아요. 실제로 아픔이
있는 사람에게 선물을 주고 싶은
마음에서요.

이런 '아픈 마음'이 있을 때,
작가님만의 극복하는 방법이나
위안을 받기 위해 하시는 일은
무엇이 있나요?
저는 힘든 일이 있을 때 '앞으로 이
상황을 이겨내려면 어떻게 해야

하지?'생각하는 게 항상 습관처럼
되어있어요. 일할 때도, 몸이 아플
때도, 어떤 상황에서든지요. '아,
이걸 어쩌지'하고 우는 건 너무
많이 해봤으니까. '이제 내가 앞으로
어떻게 해야 하지?'하고 계획을
세우는 편이에요. 생각한 대로
되지는 않더라도 계획대로 노력하면
일부나마 극복해낼 수 있으니까요.
근데 이게 일처럼 눈으로 성과가
보이는 일이면 해결될 확률이 높은데,

마음이 힘든 경우는 뚜렷한 해결책을
세우기가 쉽지 않아요.
만약에 이렇게 마음이 흔들릴 때도
어떻게 해야 하나 생각해봤어요.
정답은 없는데, 저는 할머니가 시골에
계셔서 할머니 댁에 내려가 쉬거나
자연 속에서 걷는 편이에요. 저만의
힐링 법이라고 할 수 있겠네요.
복잡하고 사람이 많은 곳에서는
나도 더 뭔가 해야만 할 것처럼
마음이 급한데, 시골에 가면 아무

생각도 안 들고 편해져요. 마음이.
시간도 빨리 가고, 금방 어두워지고,
음식도 건강하고. 정 할머니 댁에 못
갈 때는 산에 가거나. 마음이 힘들
때는 이렇게 하면서 생각을 정리하는
편이에요.
그리고 정말 어쩔 수 없이 힘든,
내가 노력해도 안 되는 상황이
있잖아요. 계획을 세우고 뭘 해도 안
되는 상황이 있으면 그때는 내버려
두는 수밖에 없더라고요. 시간이 좀
지나고 나서야 자연스레 '그걸 내가
이렇게 해결했구나'라고 나중에
깨닫게 될 때가 있는 것 같아요.
'이렇게 해서 이겨냈어요!'라고 명확한
답이 있었다기보다는 정말 살기
위해 발버둥을 치다 보니 그때마다
극복하는 상황이 달라지는 것
같아요.

**책을 만들면서 혹은 만들고 나서
기억에 남는 에피소드가 있으신가요?**
읽은 분들이 공통으로 말씀해주시는
게 있어요. 두 번 보고, 세 번 볼
때마다 책의 의미가 다르게 다가오고,
그 의미들이 마음에 와닿는다고
해주세요. 제 그림책이 긴 것도
아닌데 여러 번 읽어주셨다는 것도

감동이지만 제 책을 통해 기분이
좋아졌다고 해주시니 열심히 만든
보람이 있었어요. 그분들이 어떤
감정을 느끼셨는지, 어떤 부분이나
그림에서 그렇게 느끼셨는지
궁금해서 저도 다시 제 책을 보기도
해요. 그 과정에서 아까 이야기한
파랑새처럼 의미를 되돌아보기도
하고요.
제 책을 읽어주시는 분들의 연령대가
다양한 것도 신기했어요. 후기 중에
어머님들이 구매해서 읽다가
아이들에게도 보여주고, 어떤
의미인지 어머님과 아이가 같이
그림을 그려봤다는 이야기도
봤거든요. 또 다른 분은 읽고 많이
우셨다고 들었어요. 그 후로 힘드실
때마다 보신다고요. 『나의 가시』를
눈물을 닦아주는 손수건 한 장처럼
늘 소중하게 간직해주시는 것 같아
제게도 큰 의미가 있었어요.

**독립출판을 하는 과정에서
어떤 점이 어려우셨었나요?**
일단은 그림책이다 보니까, 아무래도
색상에 신경을 많이 써야 했어요.
내지도 미색이냐 아니냐에 따라서
차이가 크게 나기도 하고요. 그래서

제가 직접 또는 인쇄소에서 최대한 샘플을 많이 만들어봤어요. 또 마감이 제대로 안 되면 저한테는 그 흠이 보이니까. 그런 게 고민이었던 것 같아요. 그래서 책을 출판했다는 느낌보다 만들었다는 느낌이 많이 들었어요.

그리고 생각지 못하게 불량 문제도 있더라고요. 인쇄가 끝나서 책이 오잖아요. 박스에서 책을 꺼내 포장을 하는데 불량이 많더라고요. 샘플로 쓸 수 없을 만큼 훼손된 것도 있고, 겉에는 깨끗한데 안에 잉크가 번진 것도 있고, 안쪽이 괜찮으면 겉이 벗겨져 있고, 확인하고 일일이 비닐에 포장하면서도 마음이 너무 안 좋은 거예요.

요즘 다시 책을 입고하고 정리하면서 이런 것들을 어떻게 할까 생각해봤어요. 안이 깨끗한 책들은 표지만 다시 아크릴로 그리면 어떨까 하고요. 5월에 〈경의선 책거리 트렁크 축제〉에 신청해놓았는데, 거기 나갈 때 이렇게 아크릴로 그린 책도 가져가 볼까 생각 중이에요. 아직 시도하진 않았지만요.

독립출판시장에 대해서 바라는 점이나 이러면 더 좋지 않을까 하는 부분이 있을까요?

감사하게도 책방 사장님들이 책 소개를 해주시지만, 저는 사실 홍보 활동을 많이 못 하고 있거든요. 다른 작가님처럼 활발히 해야 하는데…. 스스로 책을 알리려고 해야 하는데 그런 부분은 제가 많이 부족하다고 생각하거든요. 그래서 혼자서는 힘들다 보니 비슷한 생각을 하는

작가님들과 같이하면 시너지 효과가
있지 않을까 해요. 비슷한 책을
낸 분들끼리 모여서 같이 알리면
이렇게 모여서 서로 정보도 주고받을
수 있는 모임이 많아지면 좋을 것
같아요.

독립출판의 매력이
무엇이라고 생각하시나요?

자기만의 책이 나온다는 거죠.
출판사랑 같이했을 때는 제약이
많은데, 그런 제약에서 '독립해있다'는
느낌이 강한 거 같아요. 그리고
과정은 힘들지만 하나하나
해결하면서 만들었을 때 더 보람이
있잖아요. 자기만의 책을 만들 수
있다는 것 그 자체가 매력이에요.

『나의 가시』는
어떻게 읽으면 더 좋을까요?

이 책을 통해 자기 자신을
들여다본다고 생각하고 읽으시면
될 것 같아요. 어떤 특정 아픔이라고
제시하지 않았기 때문에, 자기 자신의
아픔을 투영해서 보시는 게 좋은 거
같아요. 물론 그런 아픔이 없다면
제일 좋겠지만요.

향후 계획은 어떻게 되시나요?

다음 책을 만들 수 있을까 고민을
했었는데, 계속해서 위로되었다는
후기나 메시지들을 받으면서
앞으로도 책을 만들어야겠다고
결심했어요. 누군가를 위해 도움을
주고 살고 싶다고 했지만, 어떻게

보면 결국은 그것도 저 자신을 위해 사는 것이고, 이를 위해 늘 그림을 그리면서 살고 있을 것 같아요. 업으로서의 그림이 아니라 좋아하는 일로서의 그림을 계속 나누면서 살고 싶어요. 그리고 같이 사람들이랑 이야기도 나누고 도움도 주는 것이 제가 인생에서 가치 있게 생각하는 일 중 하나여서요. 이제 마켓도 조금씩 나가고 아마 조만간 북토크도 하지 않을까 싶습니다. 다양하게 많이 경험하고 싶어요.

"

책을 읽는 누구든지 아픔을 이겨내고, 꽃을 피우고,

그 후에도 잘 딛고 살아갔으면 하는 바람이 이야기를

나누는 내내 전달되어왔다.

읽는 사람마다 위로가 될 수 있도록 노력 중이라는

그녀였지만, 이미 많은 분이 『나의 가시』라는

어른동화를 통해 위로를 받지 않았나 싶었다.

"한 장 한 장에 마음을 담는다"는

정지우 작가의 그림을 보며,

당신도 그 안에 담겨있는 마음을 꺼내 보면 좋겠다.

"

Follow

정지우 @jiwoo.peponi

인스타그램 @jiwoo.peponi
블로그 blog.naver.com/rmjung12

· 2017년 『나의 가시』 발간
· 2018년 5월 '제2회 경의선 책거리 트렁크 책축제'참가
· 2018년 6월 북토크 '아픔 무엇'(책방연희)
· 2018년 7월 KT&G 홍대/춘천 상상마당 'MY COLLECTION'독립출판물 전시
· 2018년 8월 사진집 『가시의 시선』 발간(2016년 『선인장, 나의 가시』 개정판)
· 2018년 9월 송도 아트북페어 'BOOK ATTACK'참가
· 2018년 11월 경의선 책거리 '서울독립출판축제'참가
· 2018년 12월 독립출판 작가 19인의 '찢고 나온 문장들'전시
· 2019년 3월 2019 S/S '오프페이퍼 북페스티벌'참가
· 2019년 7월 사진집 『가시의 시선』 2쇄
· 2019년 9월 그림책 『나의 가시』 2쇄
· 2019년 9월 그림책 『동그란 심장』 발간
· 2019년 9월~11월 KT&G 홍대/춘천 상상마당 '제10회+2회 MY COLLECTION'전시

· 2019년 11월 '독립출판물 보고 IN 서울책보고'참가
· 2019년 11월 '서울인디북스토어페어 : 서점시대'에 가상서점 '낯선 책갈피'책방지기 작가로 참가
· 느리지만 천천히 3번째 그림책 준비 중

우리 곁의 일상에서 의미를 발견하고 그 이야기를 기록하며 살고 있습니다. 그리고 대학원에서 미술치료학 석사과정에 있으면서 임상과 수업에 집중하며 지내고 있습니다. 작가로서 빠르지는 않지만, 저만의 속도로 천천히 구르며 나아가고 있습니다.

정말 신기한 점은 예전 '옥탑방책방'인터뷰에서 했던 말대로 현재를 살고 있다는 것입니다. '탱탱볼'이라는 다음 그림책을 낸다고 했었는데, 오래 걸렸지만 『동그란 심장』이라는 제목으로 2019년에 신작이 나왔습니다. 누군가는 책을 보고 자신의 모습을 동그랗게 받아들이며, 어떤 곳이든 바닥을 딛고 다시 일어설 용기를 담아갔으면 하는 마음이 담긴 그림책입니다.

앞으로도 이대로 '느리지만 천천히, 그래도 끝까지'다양한 작품을 만들면서 좋은 사람들과 동그랗게 나아가고 싶습니다.

2018년 4월 9일

나의 밤이 불안해도
당신의 밤은 편안하기를

종렬

『모든 불안은 밤으로부터 왔다』

어릴 적에는 시골에서 맞는 밤이 무척이나 무서웠다.
'칠흑 같다'는 표현이 꼭 맞는 어둠 속에 무엇이 있을지 몰라
공포스러웠다.

아직도 남아있는 그때의 기억 때문인지,
『모든 불안은 밤으로부터 왔다』라는 제목에 끌려,
책을 잡어 들게 됐다.

하지만 제목과는 '밤'과 '불안'이라는 부정적인 단어와는 다르게
마냥 어둡기만 한 시집이 아니었다.

차분하고 가라앉아있을 뿐.
어둠 속에 앉아 빛을 바라보는 기분,
혹은 고요한 상태에서의 미묘한 긴장감이라고
비유하고 싶은 분위기의 책이었다.

어둡다고 해서 불안해할 필요는 없는,
종렬 작가의 밤 장막으로 걸어 들어가 보자.

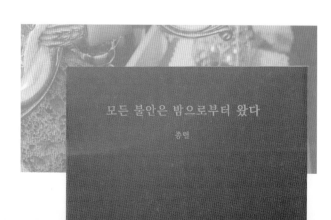

모든 불안은 밤으로부터 왔다

종렬

자기소개 먼저 부탁드립니다.
안녕하세요, 저는 『모든 불안은
밤으로부터 왔다』를 펴낸
종렬입니다.

책 소개를 해주신다면요?
이 책은 제 첫 작품이고요, 제목
그대로 '나에게로 온 모든 불안'에
대해 차분히, 그리고 한 글 한
글 아파하면서 쓴 글들을 엮은
책입니다.

**독립출판으로 책을 내신
계기가 무엇인가요?**
글은 원래 오래전부터 써왔거든요,
근데 딱히 살면서 '내 것이다'싶은
취미를 가져본 적이 없어요. 그냥
유일하게, 꾸준히 계속해왔던 게
글쓰기더라고요. 언젠가 한 번쯤은
내 이름을 건 책을 내고 싶다, 는
생각을 늘 했던 것 같아요. 근데 그
당시에는 출간하는 방법도 몰랐고,
독립출판이 보편적인 시대가
아니었어요. 그냥 계속 글만 쓰다가,
뭔가 방법이 있지 않을까 해서
인터넷을 찾아봤는데, 한 서점에서
책 만들기 수강생을 모집한다는
거예요. 거기에 무작정 신청을

해서, 독립출판을 준비하게 됐어요.
독립출판에 대해서도 그때 알게
됐고요. 그 수업을 받고 생각보다
책이 빨리 나와서 허무할 정도였어요.
그렇게 오랫동안 고민하고 어떻게
해야 하지 했었는데 '이런 길이
있었네'싶더라고요.

예전부터 시를 배우신 적이 있나요?
따로 배운 적은 없지만, 그날그날
생각나는 것들을 하나둘 적기
시작했더니 어느새 쓴 글이
많더라고요. 그냥 어렸을 때부터
글을 많이 끼적였던 거 같아요.
일기라기보다는 그날그날의 생각을
적기 시작한 것이, 어느새 보니
많아졌더라고요.

**'작가의 말'도 평범한 서문이 아니라
시로 표현하신 느낌이라 인상
깊었습니다.**
썼던 시 중에 첫 머리말에 적합하다
싶은 글을 작가의 말로 가져왔어요.
이 책은 제가 지금까지 썼던 글들을
엮은 거라서, 책을 만들기 위해
추가로 쓴 글은 없거든요. 다만,
첫 글은 저라는 사람이 함축되어
있었으면 좋겠다고 생각했어요.

작가의 말

그간 수많은 생각이 줄지어 반듯한 평행선 위로 쓰여졌다. 뜻하지 않게 통으로 잘려나간 문장에 가슴이 쓰려 짧게는 몇 시간, 길게는 몇 주를 집요한 놈들로부터 시달렸고 기억해내려 곱들일수록 결국 아귀가 안 맞는 궤짝이 되어 내게 돌아왔다. 헐벗은 채로 조각난 나를 하나둘 거두어 고이 맞추니 잘려나간 것치고는 제법 그럴싸한 글이 되었다. 또 다른 의미의 감격이 밀려왔다. 손끝이 시큰했다.

가냘픈 몸으로 여럿의 나를 받아준 네 희생에 진심 어린 감사를 표한다. 20161022 12:15

군이 책이 나오면서 따로 쓴 내용이 있다면, 초판본에서 300부를 제가 편지를 직접 손으로 쓴 게 있어요. 그 편지는 이 책에 맞는 그런 메시지를 전해드리고 싶어서, 이 책을 위해서 쓰긴 했어요. 그게 어떻게 보면 진짜 작가의 말이 아닌가 싶어요.

책 제목에도 '밤'이 들어가고 여러 시에서 '밤'이라는 단어나
이미지를 많이 사용하셨잖아요. 작가님에게 있어서 '밤'이란 어떤 의미
혹은 이미지인지 궁금합니다.
조금 낯간지러운 표현일 수 있지만, '놀이터'같아요. 밤에는 가족들도 일찍

자고 저 혼자 할 수 있는 게 너무 많아요. 생각도 할 수 있고, 영화도 보고 노래도 듣고 하잖아요. 그런 시간에서 영감이 많이 오는 것 같아요. 그리고 하루를 정리하는 시간이잖아요. 감정에 제일 솔직해질 수 있는 시간. 이때가 글쓰기도 가장 좋은 시기 같아요. '모든 것들이 나한테 오는'시기니까요.

좋아하시거나 모델로 삼은 시인이 있으신가요?
한 가지에 빠지면 거기에 완전히 몰입하는 성격이에요. 그래서 몇 번 실수한 적이 있어요. 한 번은 어떤 문장을 썼는데, 제가 써놓고도 너무 멋진 거예요. 볼 때마다 스스로 감동했으니까요. 근데 왜인지 모르게 마음 한편이 찝찝하더라고요. 그래서 집에 있는 책들을 다 찾아봤어요. 그런데 아니나 다를까 제가 좋다고 표시까지 해놓은 문장과 똑같더라고요. 사람의 촉이라는 것에 정말 감사한 순간이었어요. 그때부터는 글 쓰는 시기에는 되도록 일부러 책을 멀리하는 것 같아요. 특히 시집을 좋아하지만, 책 읽는 시기에만 딱 읽고 글 쓸 때는 거의 안

읽어요. 한 자 한 자 작가분들에게는 민감하고 소중한 부분이잖아요. 그래서 이런 불상사가 일어나지 않도록 늘 조심하고 있습니다. 여담이지만, 앞의 의도치 않게 베낀 문장은 몇 번을 보아도 너무 좋은 것 같아요. 늘 잘 읽고 있습니다.

쓰는 동안에는 읽지 않으려고 하시고, 그럼 읽는 시기에는 주로 어떤 걸 읽으시나요?
책을 잘 안 읽는 편이거든요. 원래 제가 책을 낸 거 보면 어떻게 냈을까 싶을 정도로 책을 안 읽었어요. 그래서 처음 접한 게, 에세이. 여행 에세이부터 시작하다가. 제 글이 일기 형식으로 쓰다가 점점 시나 운문 형태로 가는 거예요. 더 단단해지려면 시집을 읽어야겠다 해서 그 이후로부터는 시집을 주로 읽고 있어요.

시에서는 연이나 행의 구분, 시의 형태도 중요한 요소라고 생각하거든요. 편집도 직접 하셨을 텐데 그 과정에서도 시를 살리기 위한 의도가 들어갔을 것 같아요.
사실 가장 힘들었던 점이에요. 생각한

대로 딱딱 맞지 않으면 안 되거든요.
행부터 시작해서 반점, 마침표까지
일일이 신경 쓰느라고 저는 오히려
써놓은 글은 많으니까 솎아내는
건 쉬웠는데, 문장 부호나 행, 연의
구성을 선택하는 게 제일 힘들었어요.
책 제작하는 동안 그것 때문에
4~5개월 정도를 다 보낸 것 같아요.
지금도 집에 있는 나머지 글을
엮어서 책을 내야 하는데 이런 배치나
구성을 하는 게 난관이에요. 올해
안에 새 책을 낼 생각을 하고 있고 또
그 예정대로 내야 하잖아요, 간격이
너무 길어지면 저도 해이해지니까.
근데 이렇게 일일이 신경 쓰는
게 스트레스라서 너무 하기가
싫은 거예요. 그 정도로 중요하게
생각하기 때문에 이렇게까지
꼼꼼하게 신경 쓰는 것이기도
해요. 제 글뿐만이 아니라 다른
작가분들 책을 읽을 때도, '이분은
어떻게 했을까, 무슨 의도가 있지
않을까?'사소한 부분까지 확인하고
생각해보기도 하고요.

**책 제목으로 쓰인 〈모든 불안은
밤으로부터 왔다〉라는 시가
이 책에 있어서 가장 중요한 시라고**

생각이 들어요. 산문처럼 토해내는
불안, 마지막에 적힌 시간과 날짜를
통해 드러내는 사실성, 그리고
"모든 불안은 밤으로부터 왔다"라는
문구를 반투명한 페이지 한 장을
모두 할애해서 적으신 것까지요.
이 시에 대한 설명을 요청하는 건
예의가 아닌 것 같고, 〈모든 불안은
밤으로부터 왔다〉라는 시가
이 시집에서 차지하는 위치나 역할은
무엇인가요?

제목으로 쓰인 시다 보니 중요하다고
생각하시는 것 같아요. 근데 내용
자체는 저에게 있어서 중요성이
1순위인 시는 아니거든요. 다만, 글을
솎아내면서 이 제목으로 책을 내고
싶다는 생각이 너무 강했어요. 제가
쓰는 느낌이나 분위기 같은 모든 게
"모든 불안은 밤으로부터 왔다"라는
한 문장에 담겨있어서 제목으로
해야겠다고 정했어요.

**저도 글을 쓰는 사람으로서
작가님들을 만나면 꼭 드리는
저만의 질문이 있습니다.
'어디까지가 실제 경험이고 또
어디까지가 허구적 상상력일까?'라는
점이 항상 궁금하거든요.**

모든 불안은 밤으로부터 왔다

작가님의 경우는 어떠신가요?

저는 일기 형태가 많아서, 80~90%는 실제고요. 나머지 10% 부분에 대해서는 우울이나 불안 같은 것들이 제가 살아오면서 가장 크게 느꼈던 부분이거든요. 그것을 의인화하는 면도 있는 것 같아요. 내가 이 불안과 우울이라는 검은 감정을 사람으로 풀이하면 좀 더 글을 쉽게 쓸 수 있지 않을까, 누군가에게 욕도 할 수 있고 터놓을 수도 있고 위로도 받을 수 있지 않을까 해서요. 10%는 허구 80~90%는 진실인 것 같아요.

**다른 장르로도
책을 낼 생각이 있으신가요?**

언젠간 해보고 싶어요. 하지만, 현재로서는 엄두가 안 나서 확실한

답변을 못 드리겠어요. 비록 현재
펴낸 책이 한 권뿐이지만, 솔직히
저는 제 글이 아직 제 색을 찾지
못한 것 같거든요. 저의 장점을 찾을
수 있도록 꾸준히 노력해야 할 것
같아요.

**분위기를 전환할 겸, 이건 좀
뜬금없는 질문일 수 있는데
〈잠'만'되는 건 없다〉라는 시에서
'(캡틴의 위로가 절대적으로 필요한
밤 생각의 기록)'이라는 구절을 보고
이 '캡틴'이 누구일까 궁금했어요.
농담 반으로 저는 뜬금없이 '캡틴
아메리카'가 떠올랐었거든요.
그다음으로 생각난 게 〈죽은 시인의
사회〉에서 나오는 '오 캡틴 마이
캡틴'이었고요.**

살면서 닮고 싶은 분이나 정신적
지주가 되는 사람이 없었어요. 그래서
그런 사람이 있어서 나의 감정에
대해 절대적으로 응원과 정답을
받고 싶다는 의미로 썼어요. 쓸 때
제가 여행 중이었는데 불안감이 훅
왔었거든요. 그때 그런 사람이 있어서
의지나 위로, 가르침을 받고 싶어서
쓴 글이에요. 특정 대상이라기보다는
추상적인 절대자를 생각했어요.

〈죽은 시인의 사회〉를 염두에 둔
건 아니고요. 어떻게 보면 '캡틴
아메리카'가 제가 생각했던 느낌과
비슷한 맥락일 수도 있겠네요.

**책을 만들면서 기억에 남는
에피소드가 있으신가요?**

진지하게 말씀드리는 부분은, 처음에
책을 내려 했던 것은 남에게 보이기
위함이 아닌, 단순히 자기만족
때문이었어요. 그런데 계속 작업을
하다 보니 점점 여러 생각이
들더라고요. 지금껏 나에게서만
맴돌았던 이야기를 누군가에게
말할 수 있다는 것도 참 괜찮은 일일
것 같았어요. 그러면서 책임감도
같이 들기 시작하는 거예요. 왜
그러냐면, 제 책이 대체로 무거운
분위기를 띠고 있잖아요. 이것에
공감해주시는 분도 계시겠지만,
한편으로는 읽고 난 뒤 기분이 더
우울해지시지 않을까 하는 염려도
됐어요. 그때부터 조금 더 진지하게
임했던 것 같아요. 너무 신랄하게 쓴
부분들은 유연하게 다듬는다거나.
정리해서 말씀드리자면 정말
신중하게 임했습니다. 처음과 달리
생각이 넓은 방향으로 바뀌었어요.

자기만족으로 가볍게 시작했던 것이, 중후반부로 넘어가면서 '아, 글의 힘은 생각보다 더 강하니 명심하고 열심히 해야겠다'하고요.

기억에 남는 독자분이 있으신가요?
어떤 분께서 글을 올려주셨더라고요. '작가님 책을 읽으면 그 상황에 대한 그림이 그려진다'. 그 서평이 기억에 남고 뿌듯했어요. 저도 책을 읽을 때 그려가면서 읽는 편이거든요. 유독 책 한 권 읽을 때 오래 걸리는 이유가, 작가분은 작가분 나름대로 생각을 쓰셨을 텐데 그걸 저는 어떻게든 찾아내려고 하거든요. 그래서 그분도 제 책을 그런 느낌으로 읽으셨다고 해주신 게 좀 뜻깊더라고요. 글을 머릿속에 그려가면서 읽는다는 것은 참 근사한 일이라고 생각합니다.

책을 만드는 과정에서 어떤 어려움이 있으셨나요?
디자인은 힘들지 않았거든요. 독특한 디자인을 할 자신이 없어서 처음부터 아예 깔끔하게 가자고 했어요. 그래서 디자인 면에서 어려운 건 없었는데, 다만 한 가지 '대칭', 제가 대칭에 대한 강박이 있어요.

아까 행이나 연에 대한 이야기를 한 것처럼요. 매번 저장하고 하루에 몇 번씩 확인했어요. 혹여라도 실수하지 않았을까부터 시작해서, 본문은 당연히 그렇고 책날개나 책등에 있는 글씨까지 다 대칭을 맞추느라고 그게 제일 힘들었어요.
그리고 표지 색 같은 경우도 원했던 모니터로 보이는 색깔이랑 막상 시범 인쇄했을 때랑 너무 다른 거예요. 색상이. 대여섯 장을 계속 뽑아봤어요. 인쇄소에서. 약간의 노하우가 생긴 게 있어요. 다른 분들에게 팁을 드리자면, 네이버에 색상 팔레트라는 시스템이 있어요. 거기서 색상 배열표를 보고했더니 완벽히 제가 원하는 색이 나왔어요. 책을 만드시는 분들은 이 색상 팔레트를 이용하시면 좋고, 또 꼭 시험인쇄를 해보시기를 권해드려요. 색상, 표지는 아무래도 중요한 부분이잖아요. 제가 시도를 많이 했고 오래 걸렸거든요. 원하는 색을 뽑아내기까지.

독립출판의 매력은 무엇인가요?
일단 제약이 없죠. 처음 수업을 들으러 독립서점에 처음 갔는데,

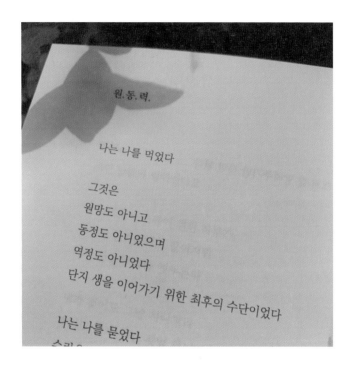

원.동.력.

나는 나를 먹었다

그것은
원망도 아니고
동정도 아니었으며
역정도 아니었다
단지 생을 이어가기 위한 최후의 수단이었다

나는 나를 묻었다

일반 서점에서는 못 봤던 독특한 디자인이나 콘텐츠들이 굉장히 많은 거예요. "이렇게 책을 낼 수도 있어?" 하고 좀 놀랐어요. 이런 매력은 양날의 검이라고도 봐요. 완전 이거 너무 난해한데? 할 수도 있고 굉장히 독특한데? 이럴 수도 있고. 그래서 시야의 폭이 넓어질 거 같아요, 독자들이. 저도 그랬듯이 '이렇게도 책을 낼 수 있네'를 보여줄 수 있다는 게 가장 큰 매력인 것 같아요.

독립출판계에 바라는 점 혹은 개선되었으면 하는 점이 있을까요?
상투적인 답변인데, 개선되어야 할 점은 없다고 생각해요. 너무 좋고, 일단 제 생각대로 주저 없이 할 수 있으니까. 남들이 이건 아니라고 해도 제가 내고 싶으면 내는 거잖아요. 바라는 점은 좀 더 사랑을 많이 받았으면 좋겠어요. 저도 글을 쓰는 사람으로서 그런 뿌듯함이 있더라고요. 저 혼자 꼭꼭 숨겨놨던, 몰래 저 혼자만 보던 글인데 잘 봤다고 이런 메시지 보내주시고 하면 너무 좋더라고요. 앞으로도 꾸준히 많은 분들한테 사랑을 받을 수 있는 책들이 많이 나왔으면 좋겠어요. 끊기지 않고.

작가님의 책은 어떻게 접근하면 더 재밌게 읽을 수 있을까요?

무겁잖아요, 내용이. 그래서 오히려 더 편하게 생각하셨으면 좋겠어요. 모르는 부분, 이해가 안 가는 부분에 대한 정확한 의도는 그 글을 쓴 작가가 아닌 이상은 모르잖아요. 그럴 때는 그냥 넘겨주셔도 됩니다. 글이라는 것이 참 신기한 게 내용은 안 변해도, 읽는 사람이 처한 상황이나 그때의 감정에 따라 글의 목소리, 메시지가 매번 바뀐다고 생각하거든요. 그래서 그냥 편하게 즐겨주셨으면 좋겠어요. 모순되는 말이지만, 사실 저도 제 글을 잘 모를 때가 있어요. 당시에 몰입했던 글이면 더더욱이요. 편하게 쓴 글은 '나 이렇게 썼다'고 말하기가 편한데, 무거운 글은 저도 워낙 빠져서 쓴 글이라 간혹 의도를 물어보시면 말문이 막히기도 해요. 글을 쓴 작가도 모를 때가 있으니 그럴 땐 가볍게 넘어가 주세요. 지금은 이해가 안 가시더라도 다음에 다시 읽었을 때, 그때는 또 새롭게 느끼실 수 있을 것 같아요.

작가님이 책을 만들 때 추구하시는 가치는 무엇인가요?

책을 만들 때 추구하는 가치라기보다는 조금 넓게 말해서 제가 살면서 느끼는 가치관을 책에 담으려고 하는 편이에요. 이 책이 많은 불안을 담고 있잖아요. 그 불안을 밤이라는 것에 투영하고 있어요. 그런데 글을 읽으시다 보면 한없이 불안만 담고 있지는 않아요. 가라앉아있다가도 마지막에는 '꽃을 틔우길 간절히 바란다'같은 희망적인 메시지 또한 있거든요. 그것처럼 모두 편안한 밤이 되었으면 좋겠어요. 책 제목과는 다르게 밤은 편안해야 한다고 생각해요. 저한테 밤이란 부정적인 의미도

있지만 사실 애증의 관계가 더
강해요. 그런데 읽으시는 분들의
밤은 일단 편안했으면 좋겠어요.
독자분과 저라는 사람의 연이 닿는
거잖아요, 문장으로 엮은 단 한 권의
책으로요. 귀중한 인연이, 소중한
문장들로 계속 이어지기를 바라요.
저한테 궁금하신 게 있다면 언제든
메시지 주셔도 좋고요, 제가 보답할
방법은 글을 쓰는 사람으로서 책을
계속 내는 일 같아요. 그래도 제
차기작을 한 분 정도는 기대하시지
않을까요? 저는 저대로 열심히
책을 내고, 독자분들은 편안한
밤을 보내시고, 힘들 땐 메시지도

주고받고, 저는 그런 걸 추구하는
것 같아요. 글이 주는 인연의 힘을
믿어요.

**독자들에게 어떤 작가로
기억되고 싶으신가요?**
'불안'하면 딱 떠오르는 작가. '밤'하면
떠오르는 작가가 되고 싶어요. 제
색깔이 뭐가 있을까 생각해보면, 밤에
관련된 시집 없을까 생각했을 때, '어
그 작가 있어', '그 작가 글 나 재밌게
읽었어', '문득문득 생각이 나 꺼내
보는 책이야'하고 떠오르는 작가가
되었으면 좋겠어요.

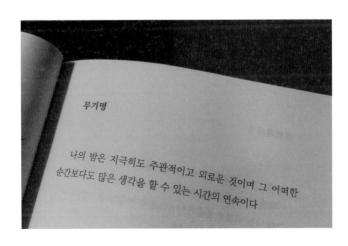

"

종렬 작가가 말한 대로
밤은 어두워서 불안하기도 하지만,
조용하고 나에게 집중할 수 있는 시간이기도 하다.
그 외에도 여러분이 '밤'하면 떠올리는 이미지도
각기 다를 만큼, 변화무쌍한 매력이 있어 많은 작가가
'밤'이라는 소재를 사랑한 게 아닐까.

그러한 밤의 매력과 닮아있는,
종렬 작가와 시에 한 번 물들어봐도 좋을 밤이다.

"

내 편도 제 되지 않는 밤이다. 나는 왜소한 방, 모서리의 느
런 섬광마저 발견하지 못했다. 아무리 손가락을 찢어 보아
도 무엇 하나 쥘 수 없는 밤이다. 잔뜩 날이 설 때면 나는 내
가 가지고 있는 모든 온점을 깨부쉈다. 무사한 첫 번째 밤이었다.

종렬 @goodnitexss

인스타그램 @goodnitexss

· 2017년 『모든 불안은 밤으로부터 왔다』 발간
· 2018년 『모든 병은 너라는 사랑으로부터 왔다』 발간

그간 잘 지내셨나요? 저는 머물고 떠나기를 반복하며 발길 가는 대로 지내왔습니다. 주로, 제주에서 글을 쓰고 있어요. 이맘때쯤이면, 또 하나의 나를 만날 수 있을 것이란 기대가 컸는데, 예전과 다를 것 하나 없이 전 여전히 글을 쓰고, 밤을 미워하고 사랑하며 함께입니다. 당신의 밤은 어땠나요? 기쁠 때도, 죽을 듯이 아팠을 때도 있었겠지요. 그러나 그 모든 밤이 당신과 또 하나의 당신을 오롯이 이어주었기를 바라봅니다.
언젠간 서로를 모른 채, 스칠 날의 우리의 애틋한 순간을 떠올리며, 이제 정말 긴 겨울을 맞이하려 합니다.
오늘 밤도 분명히 편안할 거예요. 멀리서 늘 응원하겠습니다.

종렬 드림.

전하지 못하고
혼잣말로 남은
우리의 사랑후회

최수민

『어른의 혼잣말』

사랑으로 가슴 졸여본 기억은 누구에게나 있다.
짝사랑이든, 오래 가지 못한 사랑이든, 이별이든.
마음의 자욱을 볼 때마다 그때의 감정이 되살아나 버린다.

『어른의 혼잣말』을 읽을 때로 마찬가지로,
아파하던 그때의 내가 떠올랐다.
독자 역시 책장을 넘길 때마다
마치 자기 마음속을 들여다볼 듯, 자기가 하고 싶었던 말이 적혀있는
걸 발견할 수 있을 것이다.

이렇게 미숙했던 사랑을 솔직하게 노래하며,
똑같이 사랑앓이했던 우리의 마음마저 달래주는,
일인출판사 '새벽고양이'대표,
최수민 작가를 만나 공감을 나누려 한다.

작가님 소개부터 부탁드리겠습니다.

네, 안녕하세요, 저는 2017년 11월
17일에 첫 시집, 『어른의 혼잣말』
을 쓴 최수민이라고 합니다.
90년생이고요, 스물다섯 살 때까지는
백말띠로 알고 있다가 뱀띠라는
사실을 알고 충격에 빠진 빠른
90입니다. 그리고 좋아하는 것은
여행 되게 좋아하고요, 일본여행 자주
가고, 아일랜드에서도 살다 온 경험이
있습니다. 혼자 잘 많이 돌아다니는
성격이에요, 자유를 좋아하고,
얽매이는 것을 싫어하는 타입입니다.

**책 『어른의 혼잣말』에
소개해주신다면요?**

나이는 어른인데 사랑에 관해서는
어린아이 같아서 상대방에게
하지 못했던 혼잣말들을 모아둔
시집입니다. 챕터가 세 가지로
나누어져 있어요, 첫 번째 챕터는
'기울어진 사랑'으로 해서 짝사랑을
앓았을 때의 그때 당시의 감정을
담아두었습니다, 챕터 2가 '단
사랑'이라고 해서 너무 달아서 금방
끝나버린, 짧을 단(短)자를 써서 금방
끝나버린 사랑이에요, 마지막 챕터
3는 '혼잣말'이라고 해서 이 사랑들이

끝나고 나서 저 자신을 돌아보면서
정리하는 글로 되어있습니다.

**독립출판으로
책을 낸 계기가 무엇인가요?**

저는 일단 독립출판을 2017년
1월에 처음 알았어요, 주말에 책을
한 권 사서 읽어야지 하고 서점을
검색했는데, '살롱드북'이 나와서
그때 독립서점에 대해 처음 알게
됐고요, 독립출판의 묘미는 표현하는
자유로움이 있는 것 같아요, 지금의
감정들은 지나가면 그냥 버려지는
감정들이기 때문에 그렇게 사라지는
게 너무 안타까워서 책으로 내고
싶었어요, 그리고 '누군가는 이걸
읽으면서 공감할 수 있겠지', '이 책을
누군가가 읽고 같이 위로를 받았으면
좋겠다'고 생각해서 책을 내게
되었습니다.

혹시 예전부터 글을 써오신 건가요?

어렸을 때는 극작가(시나리오
작가)가 되고 싶었어요, 전공도
연극문학을 되게 하고 싶었는데 제가
3수를 했어요, 2번을 연극문학을
넣었는데 떨어지더라고요, 마지막에
다른 과로 지원해서 일본문학

전공이라는 타이틀을 얻게 됐어요. 예전부터 작가를 해보고 싶었고, 또 제가 성격이 화를 잘 내거나 뭔가 표현하는 게 서툴러요. 그나마 글로 표현하면 더 잘 되더라고요. 그러다 보니 글로 답답함이나 스트레스를 많이 풀고, 그것들을 남겨두는 습관이 생겨서 이런 식으로 글을 좀 많이 써왔던 것 같습니다.

**그렇게 남겨두셨던 글이
주로 시였던 건가요?**
시나 단상이나 에세이로 생각나는

것들을 기록해두는 편이에요.

**작가님의 시를 읽고 마음의
묘사가 탁월하다고 생각했습니다.
'너를 생각한 시간들이 얼마인데
하루아침에 널 잊을 수 있겠니'라고
이야기하신 〈넌 잊었겠지만
말이야〉처럼요. 이런 표현은
어디서부터 오는 건가요?**
저는 이 『어른의 혼잣말』을 쓸 때,
ing 상태에서 계속 썼어요. 그래서
조금 생동감이 있는 느낌? 그때
당시에 좋아하던 사람에게 하고

문을 두드리길래
문을 열어주었더니
문을 두드리는 그 시간이
넌 좋았던 거구나

싶은 말이 되게 많은데, 만났을 때는 못 한 말들이 많았어요. 그래서 집에 돌아올 때 지하철 안에서 막 적어서 남겨놓거나 자기 전에 '아, 이 말을 했었어야 하는데'하는 말들을 적어두었죠. 그 사람에게 말하고 싶었던 어투로 계속 쓴 것 같아요. 그렇게 해서 『어른의 혼잣말』만의 '혼잣말'스러운 어투가 생긴 거예요.

이 책의 모티브를 주는 분이 있을 것 같아요. 『어른의 혼잣말』을 읽다 보면 명확한 대상을 그려놓고 작가님이 이야기하고 있는 듯한 인상을 받았거든요.

사실 두 분이 계세요. 챕터 1이랑 2가 각각 다른 사람이에요. 챕터 1은 되게 좋아했던 친구였어요. 음악을 하는 분이었고, 그러다 보니 음악에 관련된 글들도 좀 있는 거 같아요. 그러고 나서 그 사람을 잊기 위해서 시작한 사랑이 챕터 2에 나오는 '짧은 사랑'이에요.

그렇다고 해서 이 책을 그 두 사람을 위해서 적은 게 아니라, 저를 되돌아보는 시간이었던 것 같아요. 이런 사람을 만났고 이러한 감정을 느꼈었는데, 되돌아보니 내가 이런 점이 부족했구나, 이런 것들이 빠졌었구나 하고 돌이켜볼 수

있었어요. 그래서 『어른의 혼잣말』을
저나 저와 같은 사람들을 위한
책이라고 말할 수 있을 거 같아요.

**『어른의 혼잣말』에 들어있는
'음갈피'도 그렇고, 시에 가사를
활용하시는 것도 그렇고(〈나도 알아
나의 문제가 무엇인지〉), 음악을
무척 좋아하시는 것 같은데요.
음악이 작가님이나 작품에 있어서
어떤 의미나 역할인가요?**

노래는 자기만의 금지곡이 다들
있을 거예요. 연애할 때나, 이별할 때
들었던 곡들이요. 나중에 몇 년 뒤에
다시 들어도 그때 감정이 똑같이
되살아나요. 그렇기에 음악이랑
사랑은 밀접한 관계가 있는 거고,
또 음악과 책으로 같이 엮여도
좋을 거라고 생각해서 '음갈피'를
만들었습니다. 가사도 결국 시고,
그 가사를 멜로디 붙여 부르는 게
노래잖아요? 그래서 음악도 공감을
줄 수 있는 훌륭한 매개체라고
생각합니다.

**저도 글을 쓰는 사람으로서
작가님들에게 항상 드리는 질문이
있는데요. '어디까지가 실제**
**경험이고 또 어디까지가 허구적
상상력일까?'라는 점이 항상
궁금하거든요.
작가님의 경우는 어떠신가요?**

저는 주로 픽션을 바탕으로 쓰는
편이에요. 어떠한 사건을 겪고 나서
드는 생각들, 전하지 못한 말들을
바로바로 기록으로 남겨두는 편이죠.
논픽션으로 글을 쓴다고 해도,
구성과 인물은 픽션이고 일어나는
이야기가 논픽션인 경우도 있어요.
예를 들면 마지막으로 사랑했던
사람을 카페에서 만난 기억을
회상하며 이때 이 사람이 이런 말을
했다면 그날이 마지막이 되지 않지
않았을까? 같은 상상을 하며 글을
쓰곤 합니다.

**"사랑을 받는 것에 미안해하거나
불안해하지 말자", "지나간 사랑에는
상처 받지 말고", "머무는 사랑에도
집착하지 말자"(〈사랑을 받는 건
당연한 거야〉) 작가님이 생각하시는
사랑에 대한 이상적인 자세나
가치관을 표현하신 것 같은데
실제로도 그런 편이신가요?**

사실은 이 책을 다 써갈 때쯤,
'혼잣말'이라는 챕터를 쓰고 있을

불안해하지 말자
사랑을 받는 것에
미안해하지도 말자

지나가는 사랑에는
상처받지 말고
머무는 사랑에도
집착하지 말자

때 느낀 게 있어요. 제가 조금 사랑에 대해서 미숙했던, 잘 안됐던 이유 중의 하나가 제가 저 자신을 사랑하지 않았기 때문에 벌어진 일들이라고 생각을 했어요. 제가 조금만 더 나 자신을 사랑했다면, 사랑받는 일에 대해서 당연하다고 생각을 했다면, 자신이 사랑받기 마땅한 사람이라고 여겼다면 그렇게 아파하고 그렇게 버려진 감정이 들지는 않았을 거란 생각이 들었어요. 그래서 이 깨달음으로 마무리를 지으면 좋겠다 해서 그런 내용을 넣었습니다.

일본문학을 전공하셨는데, 책을 쓰게 된 것과 연관이 있나요?
사실 일본문학 전공에서는 글쓰기에 대해서는 가르치지 않아요. 작품을 가지고 어떻게 해석하느냐를 배우는 곳이니까요. 어떤 작품을 가지고 제 나름대로 의미를 부여하고 해석하는 것을 주로 했어요. 그래서 글을 쓸 때보다는 다른 책을 읽을 때 전공을 살리는 느낌이에요.

각 챕터를 마무리하는 시는 특별한 방식으로 배치를 하셨는데, 정확히

어떤 의도를 담으신 건가요?
사랑하고 이별하기까지 어쩌면 그 과정이 인생에도 챕터로 정리될 수 있다고 생각했어요. 그래서 챕터가 끝날 때마다 그 사랑의 마지막 모습을 담았습니다. 챕터 1과 2는 그 사람에게 마지막으로 받은 이별 카톡 그대로, 챕터 3는 사랑을 정리하는 시로 마무리를 지었어요. 참 희한하게도 챕터 1과 2의 마무리 이별 문구에는 '고맙고 미안하다'는 말이 중복되더라고요. '고맙고 미안하다'는 말은 이별을 고할 때 쓰는 단골 멘트구나 생각하고는 쓸쓸하게 혼자 웃었네요.

담담하면서도 진심이 꽉 찬 시라서 읽는 게 어렵지도 않고 공감하기도 편했습니다. 작가님이 직접 말하는 기분이 들기도 하고요. 어쩐지 소설이어도 잘 어울릴 것 같은데, 시가 아닌 다른 장르도 생각해본 적이 있으신가요?
시 같은 경우에는 느끼고 있던 모든 감정을 단어, 단어, 문장, 문장으로 함축해서 풀어낼 수 있는 재미가 있어요. 요새는 단상집에도 흥미가 있는데, 생각을 그대로 기록을 해두는 묘미가 있더라고요. 소설은 시와는 다르게 스토리 중심이잖아요. 저한테 익숙하지 않은 스타일이다 보니 도전하려는 엄두가 사실 잘 안 나요. 특히 장편소설의 경우는 쓰는 게 만만치 않은 일이잖아요? 만약 쓰게 된다면 단편소설을 해보고 싶어요. 제가 쓰는 시나 단상의 느낌을 살릴 수 있을 것 같아서요. 어쨌든 소설 역시 언젠가 한 번은 도전해보고 싶습니다!

책을 만들면서 있었던 혹은 만든 이후에 기억에 남는 에피소드가 있다면 소개해주세요.
어른의 '혼잣말'이라는 제목대로, 전하지 못했던 말이었는데, 책을 통해서 결국 진심을 전할 수 있었던 일이 기억에 남아요. 모티브가 된 분이 『어른의 혼잣말』을 읽자마자 자신의 이야기라는 알고 연락을 주셨거든요. 그래서 진솔한 대화를 나눌 수 있었고, 지나간 사랑이지만 책을 통해 서로에게 좋은 영향을 준 것 같아 책을 내길 잘했다는 생각이 들었습니다.

티저 영상이나 음갈피 같이 책 이외의

여러 부분에도 신경을 쓰셨더라고요.
성격 자체가 하고 싶은 것도 되게 많은 데다가 기획도 잘하고 일도 잘 벌여요. 그렇게 벌여놓고 수습하느라 힘들 때도 있지만요. 티저 영상을 만든 것도, 가수들 앨범은 나오기 전에 예고로 티저가 나오는데, 책도 그러면 어떨까? 이런 생각이 드는 거예요. 그래서 새벽 4시에 일어나서 영상 찍어서 편집까지 혼자 만들어봤어요. 원래 영상 만드는 것도 좋아했거든요.
그리고 음갈피는 그냥 흔한 책갈피보다 뭔가 의미를 담으면 더 좋지 않을까 해서, 시집을 읽을 때 들을 만한 곡을 적어놓았어요. 『어른의 혼잣말』 같은 경우에는 오감을 모두 살려 읽는 책이 되길 바라는 마음이 있거든요. 눈으로 읽고, 손으로 책장을 만지고, 읽는 장소(카페나 서점 같은)의 향도 느끼고, 음갈피에 추천한 음악도 들으면서. 이렇게 오감을 자극하면서 읽는다면 『어른의 혼잣말』을 더 풍부하게 즐기실 수 있지 않을까? 생각했어요.

책을 만드는 과정에서 어떤 점이

어려우셨나요?

책을 작년 8월에 내자, 9월에 내자
했었는데 일을 하면서는 도저히
마음의 여유가 안 생기더라고요.
그래서 작년 10월에 퇴사하자마자
지금까지 적은 것들을 다 정리해서
본격적으로 알아보고 시작했어요.
어려웠던 점은, 하나도 모르는
상태에서 책이라는 결과물을 만드는
게 어려웠던 것 같아요. 그중에서
특히 인쇄가 힘들었어요. 인쇄
업체를 찾는 것도, 원하는 결과물을

얻는 것도, 불량이 나왔을 때 다시
요청하는 것도, 모든 게 다요.
인쇄에서 쓰는 용어도 낯선 데다가
프로그램 다루는 것도 익숙하지
않고요. 처음이어서 모든 게 어려웠던
것 같아요.

독립출판의 매력은 무엇일까요?

독립출판의 매력은 두 가지로 생각할
수 있는데, 첫 번째는 '공감'이고, 두
번째는 '희소성'이라고 생각을 해요.
독립출판을 처음 알았을 때 좋았던

건, 하고 싶었던 말들이 그대로
적혀있어서 공감이 많이 갔어요.
책을 사람들이 어렵게 생각하잖아요.
마음의 양식이라는 말도 뜻은 좋은데
꼭 공부해야 할 것 같아서 다가가기
힘든 느낌? 그런데 독립출판은 조금
더 생활에 가깝고 조금 더 감정을
건드릴 수 있는 문체로 되어있어서
공감이 더 가는 거 같아요.
그리고 희소성이라는 건, 작가님
한분 한분이 책을 낼 때마다
그렇게 많은 부수의 책을 뽑지는
못해요. 적게는 100~200권에서
많게는 1,000~1,500권 하는 분들도

계시는데 기성출판보다는 부수가
적죠. 그 적은 책들이 그 많은
독립서점에 입고돼요. 그렇게 흩어진
책 중에 내가 마음에 드는 작품을
만나는 건 확률로 보면 정말 드문
상황이거든요. 이런 운명 같은
만남이 독립출판의 매력이지 않을까
생각이 듭니다.

**독립출판계에 바라는 점 혹은
이러면 더 좋겠다 하시는 것은
뭐가 있을까요?**
저도 시작한 지 얼마 안 돼서, 딱
이런 게 아니라고 말씀드리긴

어렵네요. 사실 아까도 말씀드렸지만,
인쇄 쪽이 너무 어려웠기 때문에
평소에도 독립출판과 인쇄소가
커뮤니케이션이 이루어지고 있다면
도움도 많이 받고 할 수 있지 않을까
하는 작은 바람도 있고요. 그리고
제작 후에도 홍보는 어떻게 하면
좋을지 아직은 좀 막막합니다. 제작
및 홍보, 유통 등등 출판을 하면서
부족한 정보들을 서로 나눌 수 있는
기회가 많아지면 좋을 것 같아요.

작가님 책은 독자에게
어떤 책이길 바라시나요?
소장하고 싶은 책이었으면 좋겠어요.
흔한 말이 아니라 좀 더 공감이 가는
말이어서 이 책을 읽은 뒤 여운이
남는 책이요. 그리고 저와 같은
사람들이 많이 읽어줬으면 좋겠어요.
저도 부족한 점이 되게 많고, 글로는
표현을 잘하지만 일상생활에서는
못하는 표현이 되게 많아요. 저와
같은 분들이 읽고, 힘이 되고 위로가
된다면 그게 또 제게는 힘이 되는 것
같습니다.

'이런 작가가 되고 싶다'고 생각하는
작가님의 미래 모습은 무엇일까요?

저는 기억에 남는 작가가 되고
싶어요. 누가 살면서 이야기할 때,
'최수민 작가의 그 책의 그 문장이
생각난다'고 남들의 입에서 언급될 수
있게요.
또한, 앞으로도 자유롭게 감성을
담은 책을 계속해서 출간하고
싶습니다. '새벽 고양이'라는 이름은
새벽 감성의 '새벽', 자유분방한
고양이의 '고양이'에서 가져온 것처럼
말이죠.
'새벽 고양이'의 활동에 많은 응원
부탁드립니다.

"

대답 하나하나 선명하게, 또박또박 이야기하는
최수민 작가의 모습이 인상에 남았다.
이런 또렷함이 감성을 오롯이 시에
녹여낼 수 있던 힘이 아닐까 싶다.
이미 책을 읽은 사람은 물론,
앞으로 책에서 최수민 작가를 만날 독자라면 누구든.
첫 장부터 고개를 끄덕이며 공감할 수 있을 것이다.

우리는 누구나 사랑에 앓아봤고,
사랑에 후회가 남았던 사람들이니까.

"

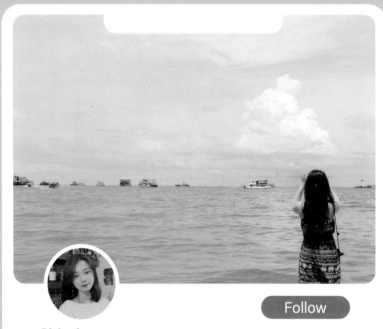

최수민(출판사 새벽고양이) @a_cat_at_dawn

인스타그램 @goodnitexss
페이스북 www.facebook.com/a.cat.at.dawn
블로그 blog.naver.com/a_cat_at_dawn

· 2017년 10월 도서출판 '새벽고양이'설립
· 2017년 11월 시집 『어른의 혼잣말』 발간
· 2018년 11월 시집 『아침은 오지 않아』 발간
· 2019년 5월 산문집 『내 이름은 눈탱이』 발간
· 2018년 5월~ 프로젝트 메이지(숨겨진 전 세계 근대문학을 알리는 프로젝트)
  └ 출간작 『여름 모자』, 『초여름』, 『악마의 성전』, 『악의 꽃』, 『꽃 필 적에』, 『봄의 환영』, 『사랑』, 『이상한 사랑』, 『폭풍』, 『앤의 침묵』
  └ 프로젝트 메이지 출간작 중 일본 문학의 경우 번역 참여
· 2019년 11월~ 작가의 서점 '낯선 책갈피'책방지기(가상서점)

기록하기를 좋아하고 기억되고 싶어 하는 작가, 출판사 새벽 고양이 대표, 프로젝트 메이지 번역가 최수민입니다.

낮에는 회사에 다니고 밤이 되면 글을 쓰고 주말에는 출판일을 하는 바쁜 삶을 살아가고 있지만, 책을 제작하는 기쁨, 책을 통해 만나는 인연, 책과 함께 할 수 있는 활동으로 인해 나름 재미있는 삶을 살고 있습니다.

새벽 감성의 새벽, 자유분방한 고양이의 고양이.

앞으로도 계속해서 자유롭게 감성을 담은 글을 쓰는 새벽 고양이가 되겠습니다.

View All

'덕질'이 답인 시대,
취미를 모아
도감을 만드는 사람들

필릭
(윤형선, 장봉수)

『-philic』

우리 각자 좋아하는 일이나 대상을 가지고 있다.
취미라고 표현할 수도 있는 그것은,
때로 누군가와 비슷하기도 하고 다르기도 하다.

각자 서로 다르게 좋아하는 것을 모아서
조화를 이루는 잡지가 바로 『-philic』이다.

수많은 '덕질'을 모아 도감으로
만들고 싶다는 포부를 가진,
팀 'philic'을 대표해서 나온
장봉수, 윤형선 작가를 만나 인터뷰를 나눴다.

※ 화자 표기 :
(윤) : 'philic'의 팀원, 윤형선 작가
(장) : 'philic'의 팀원, 장봉수 작가
필 : 'philic'을 대표해서 인터뷰 해주신
　　 장봉수, 윤형선 작가 공통

※ 표기 참고 :
작은따옴표로 된 'philic'은 팀이자
프로젝트로서의 필릭을,
겹낫표로 된 『-philic』은 독립출판물인
잡지 필릭을 가리킵니다

팀 'philic'에 대해서
소개 부탁드립니다.
필 / 덕후를 위한 콘텐츠를 만들고자

했고, 그 콘텐츠를 담는 매체로써
독립잡지를 내게 되었는데 그게
'philic'이었습니다. 프로젝트명이자
팀명이라고 할 수 있는데요, 쉽게
브랜드명이 'philic'이라 생각하시면
됩니다. 사람들이 좋아할 만한
이름을 멋지게 짓고 싶었어요,
'좋아하는'이라는 뜻을 담은 어휘를
찾기 시작했죠. 때마침 전공서를
보다 philic 이라는 접미사를 보고
'philic'이란 이름을 지었습니다.

이번에는 독립잡지 『-philic』을
소개해주시겠어요?

필 / 『-philic』 잡지 모티브가
포켓몬스터의 '포켓몬 도감'이었어요.
주위에 있는 덕후들을
아카이빙해 보자는 취지였죠.
그렇게 하다 보니 꼭 사람이
아닌 대상(장소처럼)이더라도
아카이빙(*편집자 주 : 개인 및 단체가
활동하며 남기는 수많은 기록물 중
가치가 있는 것을 선별하여 보관하는
일) 할 수 있겠더라고요. "계속 덕질과
관련된 걸 버무려보자"라고 말하며
처음에는 대전 안에서 '덕질의 대상'을
찾았었어요. 하면 할수록 굳이
지역에 국한될 필요가 없더라고요.
그래서 전국 곳곳에 있는 '덕후'들을
소개하게 되었습니다. 저희 잡지는
생각 없이 보셔도 무리가 없어요.
딱히 할 게 없거나 할 만한 재미를
찾으시려고 할 때, 다른 사람들의
경험을 보며 편하게 읽을 수 있는
잡지입니다.

'philic'이 탄생하게 된 배경은 무엇이었나요?

필 / 처음에는 청년 셋이 모여
대전에서 'Culture Lap Exp'라는 팀을
만들어 문화콘텐츠 관련 사업을
하려고 했습니다. "지역에서 소비될

만한 콘텐츠가 왜 생산되지 않을까?",
"지역 콘텐츠를 생산/소비하는
청년들이 왜 지속적으로 활동을
이어가지 못할까?"라는 의문에서
출발해서, 많은 사람이 공감하고
재밌어할 만한 소재를 찾다가
'덕후'라는 소재를 찾게 되었고, 덕후
관련해서 '덕후 도감', '덕후 파티'를
진행하게 되었습니다. 그중 덕후
도감이 『-philic』이라는 이름으로
나오게 된 거고요.

'philic'은 프로젝트 단위로 활동하는 건가요?

필 / 저희 두 명이 잡지에 대해서
문외한이었고, 자연과학대와
공대생 출신이라 글 쓰는 역량이
부족했어요. 그래서 프로젝트식으로
객원 멤버를 영입해서 부족했던
부분을 채우고 있어요.

콘텐츠 공유 수단으로 왜 책이라는 매체를 선택하셨는지요?

필 / 책은 유형으로 남는다는 장점이
가장 컸습니다. 도감이라는 컨셉도
온라인 콘텐츠가 아닌 종이책이 더
좋겠단 생각을 했고요. 눈앞에 있고
손에 잡히는 실물이 필요했는데 그게

바로 잡지의 형태였죠.

독립출판의 매력을 말하자면 무엇이 있을까요?

필 /

　(윤) 저 같은 사람이 만든 책도 누군가 봐줄 수 있다는 점? 누구나 출판할 자격을 갖게 하는 것이죠.

　(장) 요새 문화의 흐름은 다양성이 인정되는 방향 같아요. 온라인이 발달한 시점에서 개인들도 무언가 만들고 알릴 수 있는 시대잖아요. 제일 행복한 건 저희만의 책이

나왔다는, 창작자로서의 기쁨이죠. 기성 출판사를 통하는 것보다 진입장벽이 낮고, 얼마든지 소량으로도 출판할 수 있다는 점도 매력입니다.

책을 만들기 위해 따로 교육을 받으셨나요?

필 / 아니요, 그렇진 않아요. 그때그때 필요한 과정을 알아봤고, 디자인업체와 계약해서 작업하고, 그 업체가 아는 인쇄소에 의뢰해서 하는 식으로 했어요. 예산이 정해져 있다

보니 견적을 거기에 맞게 판형이나 레이아웃, 표지 등을 정했습니다.

발간하면서 겪었던 어려움이 있으시다면요?

필 /

(윤) 어디서부터 어떻게 만들어야 하는지에 대한 시작점을 찾기 어려웠어요. 처음엔 우리 멋으로 만들어보자 했었지만, 과정 과정마다 외부 눈치를 보게 되더라고요. 그런 부분에 대해서 조금씩 실정에 맞게 타협하게 되더라고요.

(장) 항상 콘텐츠 제작에 대한 고민이 가장 큰 것 같아요. 하루에도 엄청난 양의 콘텐츠가 쏟아지는 시대잖아요. 그 홍수 속에서 우리 것이 눈에 띄려면 어떻게 해야 할까 하는, 콘텐츠의 질에 대한 고민이 많았습니다. 한 부 한 부 만들어

갈수록 어떻게 하면 좋은 콘텐츠를 만들 수 있을지, 그리고 저희 자체의 역량을 갖추려면 어떻게 해야 할지 생각을 많이 하게 되는 것 같아요.

그래도 책을 만드시면서 보람이 되는 부분은 무엇이었나요?

필 /

(윤) 새로운, 몰랐던 사람을 만나는 일과 그렇게 만난 사람들을 통해 간접경험과 지식을 얻는 과정이 재밌었습니다.

(장) 사람들을 통해서 보는 것들이 많았고, 잡지 인터뷰를 하면서 궁금한 점들을 해소하기도 했고요. 독자분들에게 받는 피드백이나 책을 만들었다는 보람이 남았습니다.

『-philic』 1호를 거쳐 2호까지 발간하셨는데, 1호와 2호를

만들 때의 차이점이 있었다면?
필 / 1호를 만든 뒤, 2호 기획을
하면서 저희 둘이 공통으로 중요하게
생각했던 것이 "전편보다 좀 더 읽을
만한 콘텐츠를 만들어보자"였어요.
1호에는 짧게 소비되는 소재들이
많았는데, 2호에는 더 다양한 글을
실어보자고 생각했죠. 그리고
대전이라는 지역적인 제한을
벗어나서 전국적으로 더 다양한
사람들을 만나보려고 했습니다.
『-philic』 1호는 '보는 잡지'였다면,
2호는 '읽는 잡지'로서 좀 더 뚜렷한
색을 더했다고 볼 수 있겠네요.

그러면 3호도 곧 나오겠네요?
다음 호에 대한 계획을 말씀
부탁드립니다.
필 / 3호 전에 2.5 버전을 기획
중이에요. 저희 잡지가 좋아하는
것을 다루는 잡지잖아요? 다음
호에 대한 내부 회의를 하다가 요새
'혐오'라는 키워드가 이슈인데 문득
이런 '포비아'에 대해서 다루면 어떨까
생각했습니다. '포비아'가 '필릭'에
대한 대척점이기에 구도가 재밌을
것 같았어요. 그래서 좋아하는 것을
다루는 이야기의 기존 『-philic』과

반대로, 혐오 현상으로 인해 피해를
받는 사람들의 이야기를 다뤄보자는
이야기가 나왔습니다. 그래서 2호와
3호 사이에 이런 포비아를 다루는
번외판인 『-philic』 2.5호를 계획 중에
있습니다.

필릭이 독자와 함께
공유하고자 하는 가치가 있다면요?

필 /

(윤) 이 책을 읽고 독자들이 "내가
좋아하는 것은 무엇일까?"라고
한 번쯤 생각하는 계기가 됐으면
좋겠어요.

(장) 처음에는 재밌는 콘텐츠로서
'덕후'라는 소재를 선택했었어요.
그런데 하다 보니, 좋아하는 일을
할 때 나오는 에너지와, 같은 것을

좋아하는 순간의 공감과 소통에서
오는 에너지가 정말 가치 있는
것이라는 생각이 들었어요. 저희
슬로건이 "우리는 모두 무언가의
덕후다"인데, 많은 분이 그 슬로건에
많이 호응해주세요.

그럼 두 분이 각자 '덕질'하는 게
있다면 무엇인가요?
필 /

(장) 인디음악과 프리미어리그
축구팀 아스날을 '덕질'하고 있어요.
몇 년 동안 인디음악을 소개하고
그에 관해 짤막하게 리뷰하는 작업을
하고 있습니다.

(윤) 보라색을 엄청 좋아해서
보라색과 관련된 물건들을
모으고 있어요. 심지어 제 명함도
보라색이에요. 보라색을 좋아한다고
처음 밝힌 게 대학교 1학년인데,
이 얘기를 하면 남자가 보라색을
좋아하는 것에 대한 선입견을 가지고
바라보시더라고요. 그나마 지금은
인식이 많이 변해서 인정해주시는
분위기긴 해요. 그래도 제가
좋아하는 것을 공공연하게 밝히다
보니 주변에서 자연스레 보라색에
관한 정보를 자주 보내주기도 해요.

그런 면에선 긍정적인 효과를 보고
있습니다.

**'덕질'이 가져오는
긍정적 효과는 무엇인가요?**
필 / 단편적으로 자기가 하고 싶은
걸 하면 우선 기분이 좋잖아요.
그것만으로도 삶의 질이 높아진다고
생각해요. 소소한 즐거움인데 함께
하면 즐거움이 배가 되니까요.

**궁극적으로 'philic'이 나아가고자
하는 지향점은 무엇이고, 앞으로의
계획은 어떻게 되시나요?**
필 / 자기가 좋아하는 일을 마음
편하게 하는 것이죠. 저희는 그 하고
싶은 것 중의 하나가 『-philic』이기도
하고요. 지금까지 만났던 사람들과
마찬가지로 하고 싶은 걸 하면서
『-philc』에 그 이야기들을 담고
싶습니다. 그리고 일 년에 한 번씩
『-philic』을 내는 게 목표예요.
이게 부업이 되든 부부부업이 되든
어떤 식으로든지 계속 이어갔으면
좋겠어요.

**이 세상 모든 '덕후'들에게 해주고
싶은 말이 있다면요?**

필 / 지금 시대에는 '덕질'하는 것을
오픈하는 게 좋다고 생각합니다.
여러분 그냥 하세요. 덕질

"

서로 좋아하는 것을 놓고 대화하다 보니
인터뷰라는 것도 잊고 즐겁게 웃고 떠들어 버렸다.

지금까지 많은 독립작가를 만나왔지만,
잡지라는 매체의 특성상 확고한 목적을 가지고
『-philic』을 만들고 있다는 인상을 받았다.

특히, 'philic'이 마지막에 던진
"여러분 그냥 하세요, 덕질."
이라는 말은, 만화 주인공이 남긴 것만 같은
멋진 명대사처럼 남았다.
천재는 노력하는 자를 이길 수 없고,
노력하는 자는 즐기는 자를 이길 수 없다고 한다.
'즐길 수 있는 일'은 곧 취미나 '덕질'이라고 할 수 있다.

당신이 하는 '덕질'은 무엇인가?
망설이지 말고 마음껏 해보면, 여러분도
누구보다 앞선 존재가 될 수 있다.

"

필릭(-philic)

인스타그램 @_philic

· 2018년 잡지 『-philic』 3호 발간

View All

2호가 나오고 1년 넘게 쉬었습니다. 멤버 각자의 본업도 바빴고 이런저런 이유로 잡지 제작 이외의 일로 한 해를 보냈습니다. 2018년 후원을 받으며 3호 제작 준비를 하였고, 객원 팀원 다섯 분과 함께 3호를 제작했습니다.
발간 후 텀블벅, 독립출판 마켓 참석 등 활발한 시간을 보내는 중입니다

어느 한 날, 지나가던 길에 낡은 문구점을 발견해 들어간 적이 있어요. 그곳에 초등학생 때 즐겨 먹던 '아폴로'가 있었죠. 하나를 사서 당겨 먹어보니, 맛보다는 어릴 때 추억에 미소를 짓게 됐죠. 엄마의 손을 잡고 시장에서 엄마가 콩나물 한 줌을 덤으로 얹으려고 흥정하던 모습이 떠올랐기 때문이죠. 생각해보면, 유명하고, 비싼 음식이 매번 더 맛있게 느껴지진 않잖아요. 책도 마찬가지죠.

'독립출판'이란 말을 들어보셨나요? 독립출판은 대형 출판사가 아닌 개인 또는 소규모 단체가 책을 만들어 출판하는 것을 말합니다. 미디어에 유튜브-유튜버가 있다면, 출판에는 독립출판-독립출판 작가가 있는 셈이죠. 그래서인지, 독립출판에는 핸드북 사이즈의 작은 책이 나오기도 하고, 쉽게 만날 수 없는 분야의 책도 심심찮게 나옵니다.

기성 출판문화와는 달리 독립출판은 상업성을 떠나 창의적이고, 실험적인 시도를 하는 출판계의 '인디(indie)'이기 때문입니다.

우리가 잘 아는 유튜브처럼, 독립출판도 현재 뜨겁습니다. 실제로 독립출판물로 시작해 베스트셀러가 되는 책들이 속속들이 등장하고 있죠. 정형화된 이야기들이 넘치는 세상에서 소소하고 다양한 이야기를 알고 싶어졌기 때문이라 생각합니다.

이 책에 나오는 독립출판 작가들의 이야기를 통해 독립출판을 하는데 도움이 되길 바랍니다. 지금도 묵묵히 누군가가 보지 않을 글을 쓰는 당신을 위해서 이 책을 출판합니다.

나만 빼고.. 독립출판

발행	2020년 3월 30일 초판

저자	강문영
디자인	현유주
발행인	권호
발행처	뮤즈(MUSE)
출판등록	국립중앙도서관
연락처	muse@socialvalue.kr
홈페이지	http://www.뮤즈.net

ⓒ 2020 강문영

ISBN 979-11-967670-1-3 03800
값 15,000원

이 도서의 국립중앙도서관 출판예정도서목록(CIP)은 서지정보유
통지원시스템 홈페이지(http://seoji.nl.go.kr)와 국가자료종합목
록 구축시스템(http://kolis-net.nl.go.kr)에서 이용하실 수 있습
니다. (CIP제어번호 : CIP2020005614)

한국사회적기업진흥원 | 사회적기업가 육성사업
Korea Social Enterprise Promotion Agency